KB146762

함께 빛나는

남중수 에세이

함께

빛나는

인생 여행에 나침반이 된 지혜를 몸소 실천해 주신
어머님, 아버님께 이 책을 바칩니다.

감사의 말

돌이켜 보면 내 인생 여행에 마냥 즐거운 순간만 있었던 것은
아니었습니다. 그럼에도 이 여정이 행복한 기억으로 남는 것은
울퉁불퉁한 인생길을 빈틈없이 채워 주고 함께 걸어준 고마운
사람들 덕분일 겁니다.

무엇보다 영원한 동반자인 이혜림 여사와 예쁜 석영, 멋진 형
석에게 고마움을 전합니다. 지혜와 가르침, 또 즐거움을 듬뿍
준 형님들, 친구들, 인생 선후배, 친지 분들, 그리고 이 책 발간
의 동기부여와 집필에 많은 도움을 준, KT 재직시절 동고동락했
던 분들에게도 감사합니다.

마지막으로 글 정리를 멋지게 해준 원보람씨, 니케북스의 이혜
경 대표님과 직원 분들의 열정에도 진심어린 감사를 드립니다.

젊은 연인들의 음악 여행을 다룬 영화 〈비긴어게인〉에 이런 대사가 있습니다. "난 이래서 음악이 좋아. 따분한 일상의 순간까지도 의미를 갖게 되잖아. 이런 평범함도 어느 순간 갑자기 진주처럼 아름답게 빛나거든. 그게 바로 음악이야. 우연히 듣게 된 노래 한 소절에 창밖 풍경이 특별해 보인 적이 있지?"

어느 날 창밖을 내다보며 커피를 마시는데 안드레아 보첼리의 〈Time to say goodbye〉가 들려왔습니다. 그때 나는 이상하게도 내 삶이 마치 어떤 특별한 순간에 이른 듯한 느낌에 사로잡혔지요.

바람에 흔들리는 잎들을 가만히 지켜보고 있으니 철없던 어린 시절부터 학교를 졸업하고 신입사원으로 직장에 들어갔던 일, 그리고 회사에서 땀 흘리며 일했던 시간들이 떠올랐습니다. 젊은 시절에 CEO의 중책을 맡아 경영에 뜨겁게 열정을 불태웠던 나날들과 때로는 보람 있고 때로는 안타까웠던 일들, 그리고 학교로 오게 되어 학생들을 만나게 된 지금 이 순간까지 기억이 이어졌지요.

나는 기업생활을 25년 정도 했고 신입사원으로 입사해 CEO로 퇴직했으니 나의 젊은 날의 우여곡절은 그 사이에 몰려 있다고 해도 과언이 아닙니다. 기업을 그만두고 학교로 오게 된 이후 나는 젊은 새내기들과 상담하고 함께 고민하면서 자연스럽게 나의 경험들을 떠올려 보았습니다. 내가 힘들었을 때는 어떻게 대처했었는지, 미래가 캄캄해 보였을 때는 어떻게 길을 찾으려고 했었는지, 어떤 기준으로 판단하고 방향을 정했는지 말입니다. 하지만 아무리 내 인생을 돌이켜보고 그 순간을 기억해 내도 지금의 젊은이들에게 명확한 해답을 줄 수는 없었습니다. 나조차도 어떤 구체적인 해답을 가지고 인생의 일들을 선택한 것이 아니었기 때문입니다. 오랜 시간이 지나서 생각해 보니, 내가 어려운 일을 마주할 때 무기처럼 꺼내 들었거나 앞길을 밝히는 등불처럼 생각했던 것은 내 나름의 진리들이었습니다. 그

것은 주위 사람들이 나에게 가르쳐 준 것이었지요. 먼저 인생을 산 분들의 스쳐간 한 마디, 특히 어린 시절 어머니 말씀이 인생의 큰 좌표가 되었습니다.

뒤를 돌이켜보며 이제는 '나름의 진리'라고 멋지게 말할 수 있지만, 사실 그때는 그것이 어떤 진리라기보다는 내 머릿속에 선명하게 남아있던 이야기나 가르침이라고 생각했던 것 같습니다. 게다가 그것들은 현실에서 꺼내봤을 때 과연 도움이 되는 걸까, 혹은 나만 바보 같은 짓을 하는 것은 아닐까 고민이 되는 것들이었지요.

간단하게 예를 들면, 횡단보도에서 신호를 기다릴 때 파란 불에 건너야 하고 빨간 불에 건너면 안 되는 것은 누구나 알고 있습니다. 하지만 갑자기 억수같은 비가 쏟아지고, 차가 한 대도 오지 않는 상황이라면 빨간불이 바뀌기를 하염없이 기다려야만 하는지 고민하게 되지요.

인생은 책에서 배운 간단한 상식으로 해결되지 않는 것이 너무도 많고, 그것이 바로 대학에서 학생들의 고충을 들을 때마다 함께 고민하는 이유가 아닐까 싶습니다. 나는 학생들에게 최선의 대답을 해 주고 싶지만 예언가나 인생 비밀을 다 알고 있는 사람처럼 명확한 답을 주지 못해 늘 안타까울 따름이었습니다.

최근 젊은이들은 희망보다 절망을 가깝게 느끼는 것 같습니다. 그래서인지 힐링에 관한 수많은 책들이 쏟아져 나왔습니다. 그러나 나는 젊은이들이 힐링만으로 인생 여행을 행복하고 즐겁게 만들어 갈 수 있을지는 잘 모르겠습니다. 힐링을 넘어서는 다른 무엇이 필요하다는 생각이 들었지요. 학생들을 만나고 나면 꼭 정답이 아니더라도 내가 뭔가 도움이 될 만한 이야기를 해줄 수 없을까 생각했습니다.

물론 나에게도 잘못 선택한 길이 있었고, 실수투성이의 일들도 있었습니다. 그러나 고민스러웠던 시기에도 나는 내가 세워둔 가치에 어긋나는 길을 걷지 않으려고 노력했습니다. 그렇게 살다 보니 어느 순간 노력의 대가를 받는 것처럼 행복을 느끼기도 했지요. 그래서 나는 이런 종류의 가시밭길을 만났었지만 이런 식으로 헤치고 나왔더니 새로운 길이 열리더라는 일종의 경험담을 들려주고 싶었습니다. 또한 부족하고 모자랐던 기억을 되살려 인생에서 반성하게 되는 일들을 알려주고 싶었지요. 내가 젊었던 시절 누군가로부터 그런 이야기를 듣고 싶었던 것처럼 말입니다.

함께
빛나는

사실 인생에 정답은 없습니다. 사람마다 각자의 인생에 맞는 다른 모양의 답이 있을 뿐입니다. 그래서 나는 이렇게 길을 걸어 왔다는 내 인생 여정을 들려 준다면, 여러분이 자신만의 길을 고민하는 데 도움이 될 수 있을 거라는 소박한 믿음으로 이 책을 쓰게 되었습니다.

"자신이 한때 이곳에 살았음으로 해서 단 한 사람의 인생이라도 행복해지는 것이 진정한 성공이다."

19세기 미국의 사상가 겸 시인인 에머슨이 쓴 시 〈성공이란 무엇인가〉의 마지막 말입니다. 이 말처럼 여기서 써나가는 나의 인생 여행 이야기를 통해 단 한 사람이라도 한 걸음 더 앞으로 나아갈 수 있는 뜨거운 기운이 생겨난다면 진정 기쁘겠습니다.

2017년 2월

남중수

책머리에 _7

감사의 말 _9

1. 인생, 모두가 처음 하는 여행 _21

나만의 것
달은 흐르지 않는다
인간됨의 기준, 배려
주는 것이 받는 것
거선지-좋은 땅에 발을 디뎌라
인간 되는 게 먼저
이젠 되었다
주어진 시간에 온 마음을 다하라
염치와 역지사지

2. 여행, 걷다가 달리다가 _49

여행하는 당신에게
인생은 내가 만드는 것이다
처음부터 엉망인 인생은 없다
제3의 선택
스스로 답 찾기
내 생각 속에 열쇠가 있다
마음이 가는 대로 가라
새로운 길을 두려워하지 마라
실수, 성공의 레시피
다혈질의 대가
실수는 가장 좋은 스승

3. 길, 돌아가도 괜찮아 _77

재능이 없어 다행
부족함이 주는 축복
스트레스, 피하지 마라
좋은 스트레스 나쁜 스트레스
통제 가능한 변수에 집중하자
작은 걱정 큰 걱정
물컵 내려놓기
걱정은 선택
어슬렁거리기
휘게와 얀테의 법칙
인생은 야생마가 달리는 길
한 마디의 힘
'하지만'과 '그리고'
쓴소리 달게 듣기
새벽 다섯 시 반의 힘
10분 먼저
기다림이 주는 여유
공통 목표의 시너지 효과
목표 조율
면접, 요령은 없다
맞춤형 기업을 찾아라
요령보다 본질
달콤한 상생의 열매

4. 사람, 여행이 주는 선물 _135

함께 가자
여행의 즐거움이 배가 되는 친구
미래를 위한 보험
여행이 더 설레는 이유, 연인
50이 아니라 100
사랑은 이해가 아니라 인정
여행의 든든한 버팀목, 가족
가족, 환상을 버려라
혼자 이루는 성공은 없다
사회에 빚진 사람들
이기적 나눔
노블리스 오블리제
성공을 인정하는 사회

5. 변화, 여행이 주는 최고의 가치 _173

포기, 선택의 다른 말
작은 성공과 실패를 물구나무 세우기
선행의 부메랑 효과
복칠기삼
멋진 실패
실패는 가치있는 도전
백수 신선
일한 사람만 누릴 수 있는 사치, 휴식
박세리의 휴식
떠나 보면 알게 되는 것
신선한 충격
우물 밖으로 나가라
여행 고생은 사서도 한다
여유가 없어서?
건강, 삶의 전부

6. 행복, 누구나 누릴 권리 _209

행복해지는 네 가지 방법

사는 과정이 행복

되는 것과 사는 것

행복은 비교하지 않는 것

오늘에 집중하라

제철 과일이 가장 맛있다

행복 방정식

행복과 불행 사이의 거리, 한 뼘

원하는 것에 집중하라

첫인상을 결정하는 6초

인생청강 금지

행복의 기준은 내가 만드는 것

모든 것이 기적이거나, 기적은 없거나

인생의 티핑 포인트를 찾자

인생은 컬러링 북

아름답게 색칠하기

인생은 여러 가지로 정의할 수 있지만, 나는 인생을 가장 잘 정의할 수 있는 말은 여행이라고 생각합니다. 왜냐하면 삶은 이별을 준비하는 과정이라 할 수 있고, 여행은 우리 삶에서 이별에 대한 예행연습을 시켜 주기 때문입니다. 또한 인생은 여행의 즐거운 경험을 고스란히 담고 있습니다. 낯선 곳에서 낯선 사람을 만났을 때 느끼는 설렘과 추억도 있고, 일상에 대한 소중함과 애착도 재확인할 수 있으니까요. 또한 새로운 자신을 발견하고 지난날을 성찰할 수도 있지요. 만약 매일 아침을 인생 여행의 첫날로 여긴다면, 자신의 삶에 다가오는 어떤 만남이라도 일생에서 잊을 수 없는 기쁜 인연으로 맞이할 수 있을 것입니다.

1

인생, 누구나 처음 하는 여행

나만의 것

미국의 스포츠 전문지인 스포팅뉴스는 농구 감독 존 우든을 모든 종목을 통틀어 역사상 가장 위대한 감독으로 꼽았다. 존 우든 감독은 12년 동안 88연승을 기록하고, 전미 대학농구선수권대회에서 12회 결승과 10회 우승이라는 기록을 달성했다. 비결을 묻자 그는 이렇게 대답했다.

"양말과 신발을 제대로 신도록 가르쳤을 뿐입니다."

양말과 신발을 신는 기본적인 준비가 승패까지 바꿀 수 있다는 말이다. 우승 비결이 기본이라면, 인생에서도 기본적인 도리를 하며 책임을 다하는 것이 우승 같은 결과를 가져다줄 것이다. 또한 공동체에서도 개개인의 도리를 다하고, 그것이 사회에 모이는 힘이 된다면 세상은 모두가 살 만한 곳으로 바뀌지 않을까.

"어느 전공이나 어느 직업을 선택해야 미래가 보장될까요?"

"취업을 할까요? 아니면 창업을 할까요?"

"부모님은 이런 직업을 가지라고 하는데 저는 다른 대안을 선택하고 싶어요. 어떡해야 할까요?"

학교에서 학생들을 상담하다 보면 많이 받는 질문들이 있습니다. 사회에 나가려고 하는 대학생들이다 보니 대부분 직업에 관련된 것이지요. 여기서 중요한 것은 '직'보다는 '업'입니다. 다시 말하면 자신이 즐기고 보람을 느낄 수 있는 일을 찾아서 선택하는 것이 우선이라는 겁니다. 주말이나 휴가만 목을 빼고 기다리는 삶보다 대가가 적더라도 즐길 수 있는 일을 하는 것이 훨씬 바람직합니다. 싫어하는 일을 하느라 시간을 허비하기에는 인생이 너무 짧기 때문이지요.

다른 그 무엇으로 대체할 수 없는 '나만의 것'을 만들어 가는 데 집중하세요. 정말 내가 하고 싶은 것을 찾아 나만의 매력과 개성을 키우고, 스스로를 가치 있게 만드는 데 시간과 노력을 기울여야 합니다. 본질에 집중하면 선택에 따른 어려움에도 흔들리지 않을 것입니다.

만약 현실적으로 자신이 좋아하는 일을 할 수 없는 불가피한 상황이라면 어떻게 해야 할까요. '에우다이모니아Eudaimonia'라는 말이 있습니다. 행하는 것 자체로 보상을 받는다는 뜻이지요. 최선의 선택을 할 수 없다면, 지금 하고 있는 일에서 가치를 찾아야 합니다. 그 일을 좋아하든 싫어하든 모든 일에는 배울 점이 있기 때문이죠. 주어진 상황에서 배운 것들이 훗날 어떤 가

함께
빛나는

치를 발휘할지는 아무도 모릅니다. 분명한 것은 가장 빛나는 것에서만 배울 점이 있는 것이 아니라, 빛나지 않는 것들에서도 배울 점이 있다는 사실입니다.

달은 흐르지 않는다

요즘은 세상이 빠르게 변화하는 터라 자신이 좋아하는 것에 대한 생각이 분명하지 않으면 남의 생각에 휩쓸리기 쉽습니다. 최근 20~30년간의 테크놀로지 변화는 세상을 크게 바꿔 놓았습니다. 이제 지구에서 정반대편에 있어도 실시간으로 소통할 수 있으며, 시간의 개념과 공간의 감각도 완전히 바뀌었지요.

2016년 여름, 알파고 때문에 온 나라가 떠들썩했습니다. 빅데이터를 기반으로 하는 인공지능 알파고가 과연 이세돌 9단을 이길 수 있을까 관심이 대단했지요. 처음에는 이세돌이 이길 거라고 예측한 사람들이 훨씬 많았습니다. 바둑은 변수가 무궁무진한 고도의 전략 게임이라 제아무리 인공지능이어도 대응이 서툴 것이라고 생각했기 때문입니다. 그러나 막상 뚜껑을 열어 보니 상황은 그 반대였습니다. 알파고가 일방적으로 우세했고, 이세돌은 한 번 이기는 데 그치고 말았습니다.

이 일을 계기로 인공지능으로 무장한 로봇이 인간의 일자리를 빼앗을 거라는 두려움이 많이 확산된 것 같습니다. 실제로 인공지능 로봇이 프로야구 속보나 일기예보 기사를 쓰는 시대입니다. 또 환자의 질병을 진단하는 일이나 변호사 판례를 조사하는 업무도 로봇이 더 잘할 수 있다는 말까지 나오고 있지요. 번역기술도 빠르게 발전하고 있어 조만간 통역이 필요한 자리가 크게 줄어들 것이라는 전망도 있습니다. 결론적으로 인공지능이 보편화되면서 인간의 고유 업무라고 여겼던 영역까지 위협을 받는 형국입니다.

엉뚱하게 들릴지 모르겠지만 바로 이런 상황 때문에 '자기가 좋아하는 일'을 하는 것이 중요합니다. 시대가 어떻게 변하고 기술이 어떤 식으로 발전하는지 수시로 모니터링하면서 남들보다 앞서가려고 노력하는 것이 무의미하다는 뜻은 아닙니다. 그러나 최근 현대 기술의 변화 속도라면 개인의 노력으로 그것을 따라잡기가 매우 어려운 것이 사실입니다. 마치 뱁새가 황새걸음을 쫓아가는 것과 다름이 없지요. 오히려 발상을 바꿔 '나 자신'에게 집중하는 것이 가장 좋은 방법이 될 수 있습니다.

"물은 바삐 흐르지만 달은 흘러가지 않는다." 수급월불류水急月不流라는 말이 있습니다. 흐르는 냇물을 바라보면 물은 굽이굽이

함께
빛나는

바쁘게 흘러가도 달은 진득이 자리를 지키며 물을 따라 흐르지 않는다는 뜻이지요. 흐르는 물은 빠르게 변화하는 현대 사회를 닮았습니다. 그 흐름을 쫓아가려고만 한다면 내가 어디에 있는지, 어디로 가고 있는지 방향을 잃어버리기 쉽지요. 그러나 내가 누구인지에 대해 고민하고, 어떤 일에 가슴이 뛰는지 알고 있다면, 거센 흐름에도 휩쓸리지 않고 떠있는 달처럼 자신만의 좌표를 지킬 수 있지 않겠습니까.

인간됨의 기준, 배려

앞을 못 보는 한 사람이 밤에 길을 걷고 있었다. 그는 물동이를 머리에 이고, 한 손에는 등불을 들고 있었다. 길에서 그를 마주친 사람이 의아해하며 물었다.

"정말 어리석군요. 앞을 못 보면서도 등불은 왜 들고 다닙니까?"

"당신이 나와 부딪치지 않게 하려고요. 이 등불은 나를 위한 것이 아니라 당신을 위한 것입니다."

—바바 하리다스

이 이야기에서 등불을 드는 것은 배려입니다. 당신을 위한 것이라고 이야기하지만 두 사람 모두를 위한 것이기도 하지요. 배려는 그런 것입니다. 흔히 배려를 하다 보면 자신이 손해를 본다고 생각하지만, 사실 상대뿐 아니라 나까지 위하는 것이 배려입니다.

《도덕경》에는 여선인與善仁이라는 구절이 나옵니다. 더불어 어질게 지내라는 뜻이지요. 이 세상은 그 누구도 혼자서 살아갈 수 없습니다. 같이 살아야 하고 더불어 살아야 합니다. 이는 사회나 직장에서도 마찬가지입니다. 누군가는 부리고 누군가는 착취당해서는 안 됩니다. '사람이 잘나 봐야 거기서 거기'라는 말을 들어본 적 있을 겁니다. 직함은 먼저 온 사람을 섬기라고 만든 것이 아니라, 회사가 추구하는 공통의 목표를 위해 경력과 역량에 따라 역할을 나누기 위한 것입니다.

기업도 마찬가지입니다. 기업이 좋은 제품과 서비스만으로 성장하던 시대는 끝났습니다. 나만 잘하면 된다는 논리는 이제 더 이상 통하지 않습니다. 우리가 속한 사회에서 기업이 사회적 책임을 다하고, 소비자와 상호 간의 공감대를 형성하지 않는다면 생존조차 쉽지 않은 게 사실이지요. 사회 지도층 역시 아랫사람들의 봉사나 희생만 요구해서는 안 됩니다. 지도층의 이타적인 역할을 통해 사회가 안정을 얻고 발전을 이루면, 결국 지도층에게도 도움이 될 것입니다.

배려는 자신이 손해 보는 것이 아닙니다. 오히려 나에게 득이 되는 일입니다. 짧은 시간을 두고 본다면 자신만을 위한 이기적인 방법이 통할지 모르겠지만, 길게 보면 확실히 차이가 생겨납니다. 특히 사람은 누구나 좋은 날이 있고, 나쁜 날도 있습니다. 갑작스럽게 어려움을 겪을 때는 이기적인 사람과 배려해 온 사람이 크게 차이가 나는 것을 볼 수 있지요.

우리는 땅에 발을 딛고 함께 살아가는 운명 공동체이기에 타인에 대한 배려는 매우 중요합니다. 그러나 그 배려는 진심으로 자기 자신을 위한 것이기도 합니다. 그것이 발현되어 선한 영향을 끼칠 때 타인을 위한 행동으로 보이는 것이지요. 그래서 나는 배려를 인간됨의 기준이라고 말하고 싶습니다.

사회학자 벤저민 바버는 이런 말을 남겼습니다.

"나는 세상을 강자와 약자, 성공과 실패로 나누지 않는다. 단지 세상을 배우는 자와 배우지 않는 자로 나눌 뿐이다."

상대를 동등하게 대우하고 배우는 자세로 세상을 살아가는 것, 그것은 타인을 위한 것이 아니라 진정으로 자신을 위한 일입니다. 그러니 지금부터 처세가 아니라 나를 위해 겸손해지고 배려심을 가져 보는 건 어떨까요?

주는 것이 받는 것

영어에는 기브 앤 테이크(Give & Take)라는 표현이 있습니다. 테이크 앤 기브(Take & Give), 받는 것이 먼저가 아닙니다. 미국 펜실베이니아대학교의 애덤 그랜트 교수는 사람들을 Taker(자신의 것만 챙기는 사람)와 Matcher(받는 만큼만 주는 사람), 그리고 Giver(남에게 주는 사람)로 분류하여 연구를 했습니다. 만여 명의 사람들을 8년간 추적하여 그 결과를 분석했지요. 그 결과 세 가지 유형 중에 직업적 성취가 높을뿐더러 성공할 확률도 높은 사람이 Giver라는 것이 증명되었습니다.

남에게 주는 성향을 가진 Giver는 처음에 물러 터진 사람으로 평가 받아 낮은 점수를 얻었습니다. 그러나 시간이 흐를수록 두드러진 성취를 보였고, 많은 Matcher들의 지지를 얻어 대부분 리더 자리에 올랐습니다. 물론 Taker 유형에서도 성공한 사람들이 있었지만, 결국 그들은 Matcher로부터 소외되면서 끝이 좋지 않았습니다.

그렇다고 Giver들이 모두 성공적인 것은 아닙니다. 성공한 Giver는 세상에 유익한 존재가 되겠다는 나눔의 동기가 명확했

함께
빛나는

습니다. 반면 실패한 Giver는 동기가 모호한 상태로 무조건 남에게 주기만 했지요. 그리고 성공한 Giver는 회복력이 높았습니다. Matcher는 피해를 봤을 때 그 피해를 되갚아주는 데 에너지를 소모한 반면, 성공한 Giver는 용서할 줄 아는 열린 마음으로 긍정적인 데 에너지를 썼기 때문입니다.

거선지
−좋은 땅에 발을 디뎌라

어느 날 세탁소에 새 옷걸이가 들어왔다. 갓 들어온 새 옷걸이에게
헌 옷걸이가 진지하게 충고했다.

"너는 옷걸이라는 사실을 한시도 잊지 말길 바란다."

그러자 새 옷걸이가 물었다.

"옷걸이라는 것을 왜 그렇게 강조하나요?"

"잠깐 입혀지는 옷이 자기의 신분인 것처럼 교만해지는 옷걸이들을
그동안 많이 보았기 때문이지."

−스타니스와프 예르지 레츠

이야기 속의 옷걸이처럼 현재 자신이 처한 사회적 위치는 잠
깐 입혀진 옷에 불과합니다. 그러므로 언제나 자신의 분수를 잊
지 말아야 합니다.

사회생활에서 중요한 덕목 중 하나가 겸손이라는 것은 모두
가 알고 있지요. 그런데 요즘에는 다른 사람 눈 밖에 나지 않으
려고 조심스럽게 행동하는 것, 그러니까 겸손이 일종의 처세가
된 것 같습니다.

함께
빛나는

《도덕경》에 거선지居善地라는 말이 나옵니다. 하늘이 아니라 좋은 땅에 있으라는 뜻입니다. 허황된 꿈을 좇아 구름 위에서 살려 하지 말고, 땅에 발을 붙이고 현실적으로 살아가라는 말이지요. 여기서 땅에 발을 붙이고 사는 것이 바로 겸손일 수 있습니다. 내가 서 있는 자리를 정확히 이해하고, 자기 분수와 처지에 맞게 처신하며 살아가는 것이지요.

본질적으로 사람 개개인의 능력에 커다란 차이가 없다고 생각하면 겸손하지 않을 이유가 없지요. 그리고 현재 자신이 서 있는 위치는 어떤 형태로든지 다른 사람으로부터 도움을 받은 결과입니다. 나의 경우, 남들이 원하는 학교에서 공부를 하고 졸업할 수 있었던 것도 부모님 도움으로 가능했던 것입니다. 또 기업에서 일하면서 CEO의 기회가 있었던 것도 수많은 사람들의 도움을 받았기 때문입니다. 무슨 일이든지 본인의 노력과 능력이 중심이고 기본인 것은 사실이지만, 그에 못지않게 주변 사람들과 사회 제도의 도움도 필요하지요. 그러나 사람들은 종종 겸손해야 하는 이유를 잊어버리는 것 같습니다. 직장 생활만 해도 약간의 권한을 지나치게 행사하는 경우를 볼 수 있으니까요. 요즘 말하는 갑질 같은 것 말입니다.

겸손한 사람의 행동은 배려로 나타납니다. 자기 자리를 정확히 이해하면, 타인이 서 있는 자리 또한 자기 자리 못지않다는 것을 깨닫게 되지요. 그러면 상대방을 자기보다 아래로 보지 않고 동등하게 대우하며 배려하게 됩니다. 인간은 공동체를 이뤄 함께 살아가는 운명이기에 배려는 선택이 아니라 필수적인 가치입니다.

인간 되는 게 먼저

내가 초등학생이었을 때는 중학교에 가려면 입학시험을 치러야 했습니다. 그래서 고학년이 되면 시험 준비를 하지 않을 수 없었습니다. 그때 우리 집은 3대가 한집에서 살았고, 나는 막내였습니다. 대식구가 모여 있는 곳에서 막내였으니 자기만의 방이 있을 리 없었지요.

할아버지를 모시고 있던 우리 집에는 하루가 멀다 하고 고향에서 손님들이 찾아왔습니다. 어릴 적 기억을 곰곰이 떠올려 보면 손님이 안 계신 날이 오히려 드물 정도였습니다. 나는 형님들이랑 방을 같이 썼는데 손님이 오시면 늘 우리 방에서 함께 잠을 자야 했습니다. 한 방에서 잠을 자는 것은 별 문제가 되지 않았지만, 어린 나로서는 괴로운 부분이 있었습니다. 손님들이 줄

함께
빛나는

담배를 피우거나 저녁식사를 하고 얼마 지나지 않아 일찍 불을 끄고 잠자리에 들겠다고 했거든요. 게다가 코를 어찌나 심하게 고는지 형님들과 나는 가끔 밤에 잠들기 어려울 지경이었지요.

중학교 입시가 다가오면서 내 고민은 날로 심해졌습니다. 집중해서 공부를 해야 시험을 통과할 텐데 손님들이 줄어들 기미가 보이지 않았기 때문입니다. 그래서 나는 마음을 단단히 먹고 어머니에게 가서 말했습니다. 중요한 시험 전날은 내가 원하는 시간까지 편하게 공부하고 싶으니 손님 모시는 것을 피해 달라고 말입니다. 어린아이 투정도 아니고 공부를 더 열심히 하겠다는 이야기인데, 나는 내심 어머니가 내 편을 들어주시리라 생각했습니다. 그런데 막상 말을 꺼내자마자 어머니가 단호한 표정으로 이렇게 말씀하시더군요.

"사람 사는 집에 사람 오는 걸 싫어하면 그런 공부 할 필요 없다. 해 봐야 인간 안 된다."

그 옛날에도 자녀 교육을 위해서라면 부모의 희생을 당연하게 여겼고, 어머니께서는 자식들 교육을 위해선 모든 걸 지원하시는 분이었습니다. 그런데 공부고 뭐고 인간이 먼저라니. 어린 나는 예상치 못한 말에 한 대 얻어맞은 듯 머리가 멍해졌습니다. 어머니가 자란 안동 양반 가문이 중요시하는 원칙인 봉제사 접빈객을 그 후에 듣고 진정한 사람 사는 의미를 깨닫게 되었습니다. 요즘 기준으로 말하면 봉사, 배려, 희생, 특히 주변과 함께 어울려 사는 여선인의 마음을 담았다고 할까요. 어머니는 보수적인 집안에서 자라 현대적인 교육을 받지 못했던 분이었습니다. 그럼에도 어머니는 사람과 세상에 대한 누구보다도 명확한 지혜를 가지고 있었고, 또 그것을 나에게 단호하게 가르쳐주었던 것입니다.

이젠 되었다

더위가 시작되는 여름이면 15년 전에 돌아가신 아버지 생각이 납니다. 특별한 운동을 하신 것도 아닌데 90수를 누리셨으니 장수하신 셈이지요. 비결이라면 아마 엄격한 생활습관과 바른 마음가짐이 아닐까 생각합니다.

아버지는 초여름부터 편찮으시기 시작했는데 죽음이 가까워지고 있다고 느꼈는지 마음이 불편해 보였습니다. 자식 입장에서 그런 아버지의 모습이 걱정이 되어 대화를 나누다 보니 이유가 다른 곳에 있더군요. 이런 삼복더위에 떠나면 자손들이 고생할까 봐 걱정이 된다는 겁니다. 그 걱정 덕분인지 푹푹 찌는 여름날을 무사히 보내셨지요.

낙엽이 물들고 바람이 선선한 가을이 오자 아버지는 "백로가 지났나?"하고 물으셨습니다. 그리고 마치 떠날 날을 아는 사람처럼 "이젠 되었다"며 음식을 피하시더니 열흘 만에 세상을 떠나셨지요. 아버지께서는 40년 전에 본인을 위해 손수 맞춰 두었던 수의를 입었습니다.

수의를 생각하면 기억나는 일이 있습니다. 내가 초등학생 때 일입니다. 저녁이 되어 잠자리에 들었는데 부모님이 이야기를 나누시는 소리가 들려왔습니다. 선잠이 들었을 때라 점점 목소리가 선명해졌지만, 나는 자는 척 눈을 감고 있었습니다. 낮고 무덤덤한 목소리와 달리 대화 내용이 무거워 눈을 뜨기가 어려웠거든요.

부모님은 수의를 꺼내 두고 혼인해서 살기 시작한 날이 엊그제 같다는 말을 했습니다. 그리고 벌써 아이들 낳아서 이만큼 성장했으니 세상 떠날 준비할 시기가 되었다고 했지요. 나는 한창 나이셨던 두 분이 수의를 꺼내 두고 하는 이야기에 온 신경을 집중했습니다. 어린 나는 수의는 죽은 사람이 관에 누울 때 입는 옷인데 왜 벌써 그런 옷을 맞춰 두는지, 무슨 말 못할 사정이 있는 건지 별별 생각을 다했습니다. 수의를 두고 하는 대화만으로도 심장이 덜컹거리고 겁이 나던 때였으니, 그때는 일찍 수의를 맞춰 두는 일이 어떤 마음인지 이해조차 할 수 없었지요.

시간이 지나고 인생을 살아가면서 나는 부모님이 어떤 심정으로 수의를 준비했는지 이해하기 시작했습니다. 죽음은 누구도 피해 갈 수 없는 것입니다. 모두에게 끝이 있고 마지막이 있기 때문에 현재에 충실하며 즐거운 마음으로 인생 여행을 해야 합니다. 그것을 분명하게 인식하고 하루하루에 최선을 다하려고 했던 부모님의 마음을 이제는 알 것 같습니다. 죽음에 대해 겁을 먹고 두려워하지 말고, 끝이 있음을 받아들이고 매 순간에 최선을 다하여 살아가야 한다고 깨달은 것입니다.

그 이후로 나는 나에게도 끝이 있을 것이므로 지금 최선을 다해 인생 여행을 즐기며 보람 있게 살아야겠다고 생각했습니다. 끝은 누구에게나 찾아오고 그 시기는 아무도 알 수 없는 것이기에 오로지 지금 이 순간에 전력을 다하는 것이지요. 그리고 이런 자세는 내 인생 여정에서 늘 힘이 되어 주었습니다. 감당하기 어려울 만큼 버거운 일이 생겨도, 그 순간 할 수 있는 것을 최대한으로 노력해 보겠다는 각오를 했고, 그런 시간들이 쌓여 위기를 극복할 수 있었지요. 좋은 일이 생겨도 마찬가지였습니다. 마냥 기뻐하고 들뜬 마음으로 시간을 보내기보다, 언젠가 다

함께
빛나는

가올 마지막 순간에 후회를 남기지 않도록 지금 이 순간에 집중하자고 생각했습니다.

아버지 장례식에서 나는 늦둥이 아들 형석을 불러 시신을 염하는 모습을 지켜보게 했습니다. 가족들은 어린 아들이 혹시나 충격을 받을까 봐 걱정이 되어 말렸지요. 그러나 늦게 본 손자를 귀여워하신 아버지에게 마지막 하직 인사를 하도록 하고 싶었고, 무엇보다 누구에게나 끝이 있기에 지금 현재에 최선을 다해야 한다는 사실을 깨우쳐 주고 싶었습니다. 아들은 지금도 그 순간을 소중하게 기억한다고 말합니다.

주어진 시간에 온 마음을 다하라

CEO에 취임하고서 신문기자가 젊은 나이에 CEO가 된 비결이 무엇이냐고 물은 적이 있었습니다. 대답을 하려고 보니 속으로 고민이 되더군요. 내가 남들보다 능력이 월등히 뛰어나거나 특출한 사람이라고는 생각해 본 적이 없었기 때문입니다.

나는 '거선지'와 '동선시'가 비결이라고 대답했습니다. 앞서 말했듯이 거선지는 하늘이 아니라 좋은 땅에 있으라는 말로 겸손이 중요하다는 것이고, 동선시는 행동이 때와 맞아야 한다는 뜻입니다. 때를 잘 알고 움직이라는 뜻으로 주로 처신에 대해 이야기를 할 때 쓰입니다. 그러나 이 말이 단순히 나아갈 때와 물러설 때를 잘 알라는 의미만 있는 것은 아닙니다. 모든 것은 때가 있으니 주어진 시간에 최선을 다하라는 가르침도 포함되지요.

그렇게 대답할 수 있었던 것은, 수의를 준비하고 최선을 다하며 여생을 보내신 부모님을 보며 내가 얻은 깨달음 덕분입니다. 시간은 누구에게나 공평하고, 그것을 최선을 다해 써야 할 의무가 우리 모두에게 있습니다.

CEO가 되자 이전과 다른 책임감에 어깨가 무거웠습니다. 잘할 수 있을지 걱정도 되고, 앞으로 어떻게 해내야 할지 이런 저런 생각으로 머릿속이 복잡했지요. 그러나 막중한 역할을 맡았으니 마음에 부담을 느끼고 머릿속이 복잡한 것은 당연하다는 생각이 들었습니다. 그리고 동선시를 떠올리며 걱정과 고민을 떨쳐내고 내게 '주어진 시간'과 본질에 온전히 집중해서 힘과 마음을 쏟아 최선을 다하는 것이 좋겠다고 다짐했습니다. 전력을 다해 노력하고 자리에서 마땅히 해야 할 일을 해내며 하루하루를 보내다 보면 노력한 만큼 좋은 결과가 있을 거라고 믿었던 것이지요.

40년 동안 예일대학교 의대 교수를 지내며 수많은 환자들의

죽음을 지켜본 셔윈 눌랜드가 쓴 책이 있습니다. ≪사람은 어떻게 죽음을 맞이하는가≫입니다. 여기서 마지막 절 제목이 '아르스 모리엔드' 즉, 아름다운 죽음입니다. 죽음을 준비하면 삶이 아름다워진다는 이야기가 담겨있지요.

시간은 지금도 흘러가고 있습니다. 시간의 종착역은 누구도 피할 수 없는 죽음이지요. 그렇기에 우리는 오늘의 소중함을 알고, 삶을 충실하게 살아야 합니다. 인생의 오늘에서 찾을 수 있는 행복은 바로 끝을 알고 현재에 온전히 집중하여 사는 것에서 시작되기 때문입니다.

염치와 역지사지

'염치'라는 단어를 알고 있습니까? 국어사전을 찾아보면 이렇게 뜻이 나옵니다. '결백하고 정직하며 부끄러움을 아는 마음.' 보통 염치를 말하면 '부끄러움을 아는 것'에 대해서만 생각하기 쉽습니다. 그러나 부끄러움을 그냥 알고 있는 것이 아니라 '곧을 염'자가 말하듯이 '결백하고 정직하게' 알아야 합니다.

이는 우리와 가깝게 사람들이 사는 모습에서도 볼 수 있습니다. 어릴 적, 집에서 모처럼 부침개라도 부치면 가족들끼리만 먹지 않고 조금씩이라도 이웃에게 나눠 주었지요. 그러면 받은 집에서도 염치없이 빈 그릇을 그냥 돌려보내지 않고, 집에 있는 찐 고구마나 옥수수라도 담아서 접시를 돌려주고는 했습니다. 하지만 요즘 사회에서 일어나는 혼란스러운 일들을 들여다보면 염치 즉, 부끄러운 줄 몰라서 생기는 문제가 많은 것 같습니다.

그렇다면 염치없는 사람이 되지 않으려면 어떻게 해야 할까요. 나는 아이들에게 남 처지를 생각하지 않고 본인 관점에서만 행동하지 말라고 합니다. 즉 역지사지易地思之를 할 줄 알아야 염치가 있다는 것입니다. 이는 내가 어렸을 적부터 어머니께 들어온 말이기도 하지요. 어머니는 언제나 나에게 사람은 염치가 있어야 한다는 말을 했습니다. 다섯 형제 중 막내인 데다 철없던 어린 시절이라 버릇없어질까 봐 걱정이 많았던 모양입니다. 같은 잘못을 저질러도 형들보다 내가 더 혼난다고 생각될 만큼 엄하게 교육을 받았습니다. 지금 생각해 보면 어머니 입장에서는 늦게 본 막내라 정에 이끌려 역지사지를 모르는 아이로 키울까 봐 내심 경계한 것입니다.

개인뿐만이 아닙니다. 기업도 염치가 있어야 합니다. 역지사지는 내가 CEO의 책임을 맡았을 때 가장 중심에 둔 가치입니다. 내 직책이라면 주주와 고객, 그리고 직원이 늘 지켜보고 있는 것이고, 나는 CEO로서 염치가 있어야 한다고 생각했으니까요. 염치가 있는 기업은(당연한 소리겠지만) 투자한 주주에게 최대한의 이익을 가져다주고 자사 제품을 선택해 준 고객들에게는 최고의 서비스를 제공해야 하지요. 또 열심히 노력하는 직원들에게는 보람과 보상을 제공해야 합니다. 그리고 앞서 말했듯이, 이 모든 과정이 '곧을 염'의 뜻처럼 결백하고 정직해야 합니다.

기업 경영에서도 '역지사지'의 철학은 시사하는 바가 큽니다. 기업마다 '고객사랑'을 외치며 애를 쓰고 있지만, 기업 관점에서 출발하면 실패하기 마련입니다. 이런 이야기가 있습니다. 프랑스 혁명이 일어나기 직전, 국민들은 굶주림에 시달리고 있었습니다. 성난 군중은 엘리제궁 앞에서 시위를 벌이며 빵을 달라고 외쳤지요. 당시 루이 16세의 왕비였던 마리 앙투아네트는 그 외침을 듣고 이렇게 반문했다고 합니다.

"빵이 없으면 케이크를 먹으면 될 것 아니냐?"

상대 처지에서 생각을 하기는커녕 상대를 전혀 알지 못하는 상태에서 나온 말이지요. 기업도 고객 관점에서 제대로 생각하지 않으면 마리 앙투아네트와 다름없는 입장이 되고 말 것입니다. 기업 입장에서 봤을 때는 단순히 제품을 파는 것이지만, 사실 고객은 그 제품이 생활에 주는 가치를 사기 때문입니다. 휴대폰을 사는 고객은 단지 전화기가 아니라 커뮤니케이션을 사는 것입니다.

고객이 느끼는 가치에 대해 알기 위해서는 모든 것을 고객 관점에서 생각하고 실천해야 합니다. 현대 기업의 성공 비결은 고객과의 역지사지입니다. 이제야말로 올바른 고객 주권시대가 열렸기 때문입니다.

나 자신의 삶은 물론 다른 사람의 삶을 삶답게 만들기 위해
끊임없이 정성을 다하고 마음을 다하는 것처럼
아름다운 일은 없다.

톨스토이

2

여행, 걷다가 달리다가

여행하는 당신에게

　인생을 기차여행에 비유해 볼까요? 우리는 이 세상에 나오는 순간 기차에 탑승합니다. 차표를 끊어주는 분은 부모님이지요. 그리고 어느 시점마다 정차하는 정거장이 있고, 어느 순간 기차를 갈아타기도 하며, 예기치 않은 사고가 발생하기도 합니다. 또 우리는 부모님들이 언제까지나 함께 이 기차를 타고 여행할 것이라 기대하지만, 그들은 어느 순간 우리를 남겨두고 역에서 내리지요.

　시간이 흐르면 다른 승객들이 기차에 오릅니다. 이들 중 많은 이들이 나에게 중요한 사람들입니다. 가족이나 친구, 그리고 자녀이며 인생에서 함께 시간을 보내고 사랑을 나누는 사람들입니다. 그리고 많은 이들이 여행 중에 하차하고, 우리 인생에 영원한 추억을 남깁니다. 보통 사람들은 그냥 사라지기 때문에 그들이 언제 기차에서 내렸는지 알아차리지 못하기도 하지요. 이 기차여행은 기쁨과 슬픔, 환상과 기대, 그리고 만남과 이별들로 이루어져 있습니다.

주목해야 할 것은 이 여행이 지닌 미스테리입니다. 여행을 하고 있으면서도 자신이 어느 역에서 내릴지 알 수 없다는 것이지요. 또한 기차를 갈아타고 노선을 달리할 기회가 찾아와도 알아차리지 못하기도 하고요. 그리고 지금 이 순간까지도 어느 길이 좋았는지 알지 못하는 경우도 있습니다.

사실 멋진 여행이란 의외로 단순한 것입니다. 그저 자신이 하고 싶은 것을 즐기며, 보람 있게 시간을 보내는 것이지요. 또한 우리와 동행하는 승객들을 돕고 사랑하며 좋은 관계를 유지하는 것입니다. 그들의 여행이 편안하도록 최선을 다하는 것이 자신의 여행을 행복하게 만들어 주지요. 그러므로 한 사람의 인생 여행이 여러 사람을 행복하게 해주었다면, 나는 그것이 바로 성공한 인생이라고 생각합니다.

아름다운 여행을 하고 싶다면, 여행하는 시간을 계산하지 않고 그 순간을 즐기는 것이 좋습니다. 사람들은 시간을 기억하는 것이 아니라 아름다운 순간을 기억하기 때문입니다.

에리히 프롬은 인생을 두고 이런 말을 했습니다.

"사람의 한평생은 그 어느 것과도 바꿀 수 없는 선물이며 뜻 있는 도전이다. 인생이 살 만한 가치가 있는 것이냐는 질문은 무의미하다. 손익계산서를 가지고 인생을 셈하다 보면 인생이란 결국 가치를 잃어버리게 될 것이다. 그것은 다른 무엇으로도 측정될 수 없는 고유한 것이다."

　인생은 자신만의 고유한 것이고, 그것은 세상의 어떤 기준이나 생각들로 재단되거나 평가받을 수 없는 것입니다. 눈앞에 마주한 순간을 최대한 즐기며, 그 즐거움을 여러 사람들과 함께 행복으로 나눌 수 있도록 최선을 다하길 바랍니다. 그런 날들이 이어진다면 인생은 자신만의 특별한 여행이 될 것입니다.

우리가 여행하는 것은
도착하기 위해서가 아니라 떠나기 위해서다.

괴테

인생은 내가 만드는 것이다

열 살 때는 어디 간다고만 하면 무조건 좋다고 따라 나서는 나이이다. 그때 인생은 그저 신기한 것이었다.

스무 살 때는 친구들과 함께라면 무엇을 하든 어디를 가든 그저 좋기만 했다. 인생이 무지개처럼 아름답게만 보였다.

서른 살 때는 좋아하는 사람과 함께라면 행선지를 묻지 않았던 나이였고, 인생은 연애였다.

마흔 살 때는 어디 한 번 가려면 아이들부터 챙겨야했고, 이런저런 준비하느라 힘들었지만 꼭 어디든 가겠다고 다짐하던 나이였다. 늘 먼 곳으로 떠나는 해외여행을 꿈꾸었다.

쉰 살 때는 종착역이 얼마나 남았는지 가늠해 보기도 하고, 기차표가 주머니에 잘 있는지 확인하며 주변을 살폈다.

예순 살 때는 어디를 가더라도 유서 깊은 역사가 눈에 먼저 들어왔다. 마치 고적 답사 여행처럼.

일흔 살 때는 나이와 학벌, 그리고 재력과 외모 같은 것은 아무런 상관없이 어릴 때 동무를 만나면 함께 수학여행을 온 것처럼 무조건 반가웠다.

여든 살 때는 다른 사람을 찾아 나서기보다 언제라도 누가 찾아올까 기다려졌다. 인생이 마치 추억여행 같았다.

그리고 아흔 살 때는 아무도 오지 않고, 갈 곳도 없어지게 된다.

인생 전체를 두고 생각해 보면 20세까지는 타고난 환경이 많은 것을 좌우합니다. 특히 부모의 영향이 커서 스스로 준비를 하지 못하고 철없이 시간을 보내기도 하지요. 환경의 혜택에 따라 변명을 늘어놓거나 스스로를 방어하기 위한 이유를 만드는 때이기도 합니다.

그러나 분명한 것은 20대부터 40대까지는 노력하면 기회가 생긴다는 것입니다. 이때 얼마나 노력하는가에 따라 타고난 환경에서 벗어날 수 있습니다. 그래서 이 시기를 인생에서 가장 중요한 시기로 여기는 것입니다. 개인이나 역사의 발전은 '그럼에도 불구하고'로 시작합니다. 그러므로 문제를 마주하고 극복하려는 시도가 필요하며, 이런 시도들은 존경받아 마땅하지요.

40대에서 60대에는 그 이전에 쌓고 준비한 것을 발판으로 삼아 본격적인 인생 여행을 시작합니다. 물론 미래를 위해 계속 준비도 해야 합니다. 60대 이후에는 사회적인 활동은 물론 개인생활에 더욱 시간을 할애할 수 있고, 자유로운 생활을 즐길 수 있습니다. 60대를 막 넘어선 나는 인생을 되돌아보는 시간이 길어지기 시작했습니다. 남은 날들을 더 즐겁고 보람 있게 보내고 싶은 마음도 커지게 되었지요. 또한 청춘들에게는 인생 여행을 가치 있게 만들어 가라는 메시지를 전하고 싶은 바람이 커지게 되었습니다.

희망은 일상적인 시간이 영원과 속삭이는 대화이다.
희망은 멀리 있는 것이 아니다. 바로 내 곁에 있다.
나의 일상을 점검하자.

릴케

함께
빛나는

처음부터 엉망인 인생은 없다

삶의 어느 지점에 오면 '제한된 시간의 지평선'이라 부르는 현상을 느낍니다. 어릴 때는 시간이 느리게 흘러가는 것처럼 느껴지고, 자신이 60세나 70세가 될 거라는 생각은 하지 않습니다. 하지만 언젠가는 모두 60세가 되고 70세가 되지요. 누구도 예외가 아닙니다. 무슨 일이 일어났는지도 모를 정도로 빨리 예순을 지나치게 됩니다. 얼마나 오래 사느냐와 상관없이 인생이 정말 짧게 느껴지는 순간이 오는 것이지요.

지금 젊은이들이 많은 문제로 고민하는 것을 알고 있습니다. 그러나 긴 시간이 지나 돌이켜 보면 반드시 올 것은 오고 갈 것은 가기 마련입니다. 매 순간 자신을 잃지 않고 버티며 노력한다면, 반드시 한 송이 꽃을 피울 수 있을 것입니다.

뒤돌아보면 20대는 무한한 가능성을 가지고 있을 뿐 아니라 희망이 가득한 나이입니다. 그러나 희망이라는 것은 이상해서 본래 있다고 할 수도 없고, 없다고 할 수도 없지요. 왜냐하면 희망은 마치 땅 위의 길 같은 속성을 가졌기 때문입니다. 땅은 원래 길이 없지만 걸어가는 사람들이 많아지면 그게 곧 길이 되는 것처럼 말입니다.

나는 인생이 엉망인 사람은 없다고 생각합니다. 다만 생각이 엉망인 사람이 있을 뿐입니다. 인생이란 도망치고 거부할 것이 아니라 껴안고 즐거워야 하는 여행입니다. 그러나 사람들은 그때 잘했더라면, 혹은 그때 참았더라면 하고 후회하며 소중한 지금을 흘려보냅니다. 이렇게 후회하면서 보내는 지금이 미래에는 바로 그때가 되는데, 지금 이 순간을 자각하지 못하면서 자꾸 과거의 그때만 찾는 실수를 하는 것입니다.

기회는 기다려 주지 않고, 시간은 지나가면 되돌릴 수 없습니다. 후회할 때가 가장 빠른 때라는 말을 마음속에 되새기며, 훗날 후회하지 않기 위한 일들을 지금 해나가야 합니다.

미래에 대한 준비를 하지 않으면, 정해진 운명대로 살 수밖에 없습니다. 뚜렷한 목표를 정하고 새로운 삶을 꿈꾸며 꿈을 이루기 위해 에너지를 집중한다면, 운명의 강줄기를 다른 방향으로 흐르게 할 수 있습니다. 거대한 운명도 사람의 의지 앞에서는 속수무책이기 때문입니다.

운luck은 한두 번 요행으로 찾아오지만, 행운good luck은 기회가 주어졌을 때 충분한 준비가 되어 있는 사람만이 잡을 수 있습니다. 그러므로 평소에 하는 노력은 행운이 찾아올 기회를 늘려

주는 것입니다. 행운은 우연이 아니라 노력으로 인해 주어지는 기회이기 때문입니다. 운은 마음대로 할 수 없지만, 준비는 스스로 할 수 있는 것입니다.

인생에서 가장 정직한 것이 바로 땀입니다. 땀을 흘리지 않은 자에게 산이 정상을 내주지 않듯이, 땀을 흘리지 않은 자에게 인생은 성공의 문을 열어 주지 않습니다. 오직 땀을 흘린 자에게만 시원한 바람을 내어 주고, 노력한 자에게만 삶의 정답을 알려 준다는 것을 기억하길 바랍니다.

가장 훌륭한 시는 아직 쓰이지 않았다.
가장 아름다운 노래는 아직 불리지 않았고,
최고의 날들은 아직 살지 않은 날들이다.
불멸의 춤은 아직 추어지지 않았으며,
가장 빛나는 별은 아직 발견되지 않은 별이다.

나짐 히크메트

제3의 선택

어느 회사 면접에서 이런 문제가 나왔다.

"당신은 폭풍우가 치는 밤길에 운전을 하고 있습니다. 버스 정류장을 지나는데 그곳에는 세 사람이 버스를 기다리고 있습니다. 위독한 할머니와 당신의 생명을 구해준 적이 있는 의사, 그리고 당신이 꿈에 그리던 이상형입니다. 만약 당신의 자동차에 단 한 명만 더 태울 수 있다면 어떤 사람을 태우겠습니까?"

면접장에서 이 문제를 접한 많은 응시자들은 고민에 빠졌다. 누구를 태워야할지 선택하기 어려웠기 때문이다. 면접이 끝나고 수백 명의 경쟁자를 제치고 한 사람이 채용됐다. 그 사람은 이렇게 답했다.

"의사선생님께 차 열쇠를 드리고, 할머니를 병원으로 모셔다 달라고 부탁드리겠습니다. 그리고 저는 꿈에 그리던 이상형과 함께 버스를 기다릴 겁니다."

인생을 살다 보면 여러 가지 문제를 두고 선택의 기로에 서게 됩니다. 우선 하루 일과도 작은 선택들로 이어져있지요. 언제 일어날지, 일어나서 양치를 먼저 할지 샤워를 먼저 할지, 식전에 화장실에 갈지 등을 고민하는 것입니다. 크게 보면 일이 먼저인지, 가정이 먼저인지도 선택의 문제입니다.

현실적으로 일하지 않고서는 가정을 꾸려나갈 수 없고, 또 가족이 없다면 일하는 의미가 없습니다. 그리고 일을 잘하기 위해서는 가정에 많은 시간을 쏟기 어려운 것이 사실이지요. 하지만 기로에 서게 되면 두 가지를 다 해나가는 쪽으로 결정을 내려야 합니다. 결국 인생은 매 순간들을 지혜롭게 선택해 나가는 과정이기 때문입니다.

누구를 자동차에 태울 것인가 하는 문제에서 모두를 선택하는 지혜를 발휘했던 사람처럼, 보이는 것 너머 더 지혜로운 제3의 선택이 없는지 한 번 더 고민해 보길 바랍니다.

스스로 답 찾기

살다 보면 크고 작은 어려움을 만나 마음이 흔들릴 때가 있습니다. 그런 때는 마치 삶이 끊임없이 질문을 던지는 것처럼 느껴지지요. 만약 눈앞에 질문을 마주하는 순간이 다가온다면, 스스로 답을 찾으려고 노력하는 인생 여정을 떠나야 합니다.

인생이라는 여행은 나에게 주어진 소중한 특권입니다. 특권을 가졌다는 것은 어떤 일이 생기더라도 남 탓하지 말아야 한다는 것입니다. 내 인생에서 생기는 일들에 대해 다른 사람에게 책임을 돌리면 분노의 노예가 되기 쉽습니다. 소중한 여행은 나 자신이 주인이기 때문에, 내가 행복할 권리를 다른 사람 손에 쥐어줘서는 안됩니다. 자신을 객관적으로 볼 줄 알아야 자신만의 즐겁고 행복한 여행을 할 수 있는 것이지요.

내 삶의 주인은 바로 나 자신입니다. 내 행복을 누군가 알아서 가져다주기를 바라지 말고, 스스로 만들어간다는 자세로 살아야 합니다. 스스로에 대한 책임과 각오를 가지고 한발 한발 나아가다 보면, 진정한 삶의 주인이 되어 행복과 나란히 걸을 수 있을 겁니다.

내 생각 속에 열쇠가 있다

인생 여정을 하다 보면 지표들을 만나게 됩니다. 다행히도 세상이 인생 구석구석에 숨겨둔 전환점들이지요. 문제라면 사람들이 지표를 보지 못하고 지나쳐버린다는 것입니다. 심지어 어떤 경우는 자신이 전환점에 서 있다는 사실조차도 알아채지 못합니다. 또한 알아챘다고 하더라도 건설적인 고민 없이 단순하

62

함께
빛나는

게 반응해버리기도 합니다.

사실 인생의 전환점에 서 있다는 것을 알아차리기는 어렵습니다. 왜냐하면 우리들 대부분이 세상의 흐름에 따라 보이지 않는 관성에 이끌려 살아가기 때문입니다. 그리고 뚜렷한 자각 없이 관성에 이끌려 가다보면 엉뚱한 길로 접어들기도 합니다.

"나는 정말 이 길을 계속 가고 싶어 하는가?"

스스로에게 질문을 계속 던지며, 자신이 걷고 있는 길을 고민하는 자세를 가져야 합니다.

미국 경영학계의 살아 있는 전설이자 하버드대학교 경영대학원 최고의 교수인 하워드 스티븐슨은 성공이라는 목표를 정해놓고 무조건 달리기만 하는 사람은 결국 방랑자일 뿐이라고 말했습니다. 여행자는 스스로 길을 걷지만, 방랑자는 길이 대신 걸어준다는 것이지요. 또한 그는 이렇게 말했습니다.

"누구나 멋진 계획이 있었고 꿈이 있었을 겁니다. 그런데 나이가 들어가면서 어느 날 문득 거울을 보다가 깜짝 놀라지요. '내가 왜 이렇게 엉뚱한 삶을 살고 있을까? 그 모든 계획이며 꿈은 다 어디로 갔을까?'하고 말입니다. 하지만 그것은 그 어디로도 가지 않았습니다. 꿈이나 계획은 여전히 출발점 부근에 그대로 있을 뿐입니다. 정작 엉뚱한 길로 접어든 건 자기 자신입니다."

사람은 자신의 생각 속에 열쇠를 가지고 있다고 했습니다. 그러니 인생의 전환점이 올 때까지 기다리지 않더라도, 늘 자신의 생각에 집중하고 현재를 정확히 봐야 합니다. 고민 없이 앞만 보고 무조건 내달리는 일은 말아야지요. 모든 사람의 오늘은 바로 어제 했던 생각의 결과이기 때문입니다.

마음이 가는 대로 가라

내가 대학을 다닐 때도 대기업은 졸업생들이 선호하는 직장이었습니다. 그래서 나도 경영학과를 졸업하고 삼성그룹 공채 시험을 봤지요. 다행히 합격은 했지만, 내게 맞는 자리인지에 대해서는 확신이 들지 않았습니다. 고민을 하던 중에 주변에서 제안이 왔습니다. 무임소장관(지금의 정무장관) 비서실에 자리가 있는데 혹시 일해 볼 의향이 있냐는 것이었지요. 삼성그룹 연수원에 들어가기 바로 전날이었습니다. 나는 고민이 되면서도 낯선 역할과 새로운 경험에 대한 기대로 가슴이 부풀었습니다.

내가 비서실로 가겠다고 하자 가족과 지인들은 걱정을 하며 반대했습니다. 대기업에 들어가는 것보다 위험 부담이 큰 결정이었기 때문이었지요. 하지만 불확실한 상황에서 얻는 경험은 새롭고 흥미로운 도전이 될 것이라고 생각한 나는 경영학 전공자로서 경력에 도움이 되지 않는다 해도 손해라고는 생각하지 않았습니다. 그리고 한동안 비서실 업무를 즐겁게 했습니다.

일 년 후, 장관님이 그만둘 때가 되면서 다시 선택의 순간이 다가왔습니다. 그즈음 체신부 내에서는 전화국을 분리해 공기업으로 만드는 작업이 진행되고 있었습니다. 정부는 정책 기능만 하고 실제 업무는 공기업이 담당하는 형태였지요. 당시 해외 자료를 살펴보니 통신시장이 어마어마하게 성장하고 있었습니다. 미국의 AT&T나 영국의 BT 같은 통신 기업은 이미 세계적인 규모를 자랑하고 있었지요. 우리나라는 그때 막 걸음마를 시작하는 수준이었습니다.

나는 그 자료를 보면서 시간이 흐르면 우리나라도 달라질 수 있지 않을까 하는 기대가 생겼습니다. 그리고 거기서 내가 할 역할이 있을 거라는 믿음도 생겼지요. 물론 상대적으로 더 안전하고 남들에게 인정받는 선택지도 있었습니다. 그러나 새로운 분야에서 일해 보고 싶은 생각으로 한국통신 창립 멤버로 참여하게 되었지요.

새로운 길을 두려워하지 마라

살아가다 보면 선택지 앞에서 고민을 하고 결정을 내리는 일들이 이어집니다. 그리고 그것이 삶의 방향을 크게 바꿀 수도 있는 직업에 관련한 것이라면, 고민은 신중해질 수밖에 없지요. 새로운 길을 택하고자 한국통신에 입사한 것은 내 나름으로 큰 결정이었습니다. 그때 한국통신에서 비전을 보았다고는 했지만, 사실 비전이 현실로 나타나기까지는 꽤 오랜 시간이 걸렸습니다. 게다가 그때는 회사가 초창기여서 여느 공기업과 급여와 조직문화가 크게 다른 점이 없었습니다. 또 통신시장이 엄청나게 발전할 것이라는 보고서는 있었지만, 조직 자체가 그 비전을 향해 움직이고 있다고 보기도 어려웠지요. 그래서 입사한 후로 한동안 친구들에게 "왜 그런 곳을 다니냐"는 핀잔을 듣곤 했지요.

지금은 상상도 안 가겠지만, 80년대 초만 해도 집 전화를 개통하려면 몇 년을 기다리는 일이 흔했습니다. 등급을 구분해서 집 전화를 개통해 주던 시절이었지요. 그 이후로는 이동전화가 일종의 신분을 상징하기도 했습니다. 그런가하면 90년대 초에는 벽돌만 한 휴대전화로 사람을 때려서 치상 협의로 법 조치를 받은 기사가 신문에 나기도 했지요. 98년 이후 전국에 초고속통신망이 깔리고 IT강국이 되면서 우리나라의 인터넷 환경이 본격적으로 개선되었습니다. 2000년 IMT사업을 할 때 나는 외부 강연에 나가서 이런 말을 했습니다.

"20년이 지나면 휴대폰이 필수품이자 액세서리가 될 것이다."

미래에 대한 확신이 있어서 했던 말이 아니라, 기술 변화에 따른 흐름을 이야기한 것이었습니다. 듣고 있던 사람들은 다들 황당하다는 반응을 보였지요. 그런데 그로부터 10년이 채 지나지 않아 내가 했던 말은 정말 현실이 되었습니다.

이제 변화 속도가 너무 빨라 미래를 예측하는 일이 매우 어려워졌습니다. 앞으로도 미래는 지금 이 시점에서 예상되는 속도보다 훨씬 더 빠르게 변할 것입니다. 그러므로 눈앞의 상황만으로 결정을 내리는 것은 더 이상 의미가 없습니다. 충분히 고민을 했다면 걱정은 내려두고 자신의 판단을 믿고 도전해야 합니다.

돌이켜 보면 나는 결정적인 순간에 늘 새로운 길을 선택했습니다. 그리고 그 선택에는 미래를 긍정적으로 보는 나의 성격이 큰 역할을 했던 것 같습니다. 남들보다 조금 뒤처지더라도 나만의 특별한 경험을 할 수 있는 일이라면, 인생에서 의미가 있다는 막연하고 강한 믿음이 있었거든요. 당장 보이는 것에 휩쓸리는 것보다 나 자신을 긍정하며 마음이 가는 방향으로 도전하는 일, 그것이 여러분을 최고의 선택으로 이끌어 줄 것입니다.

실수, 성공의 레시피

미국 플로리다대학교의 게이토 풋볼팀은 매번 후반전에 체력이 저하되어 경기에서 패배했다. 원인을 찾기 위해 체력 저하에 대해 연구했고, 마침내 갈증이 그 원인이라는 것을 알아냈다. 후반으로 갈수록 몸에서 갈증을 느끼면서 체력이 급격히 떨어졌던 것이다. 그래서 열배나 빨리 흡수되는 무탄산 음료를 개발했는데, 그것이 바로 게토레이다.

이듬해 플로리다대학교 팀은 우승을 차지했고, 이후에도 계속 좋은 성적을 낼 수 있었다. 게다가 후반으로 갈수록 역전의 신화를 만들어 '역전의 명수'라는 별명을 얻게 됐다. 이에 게토레이 개발 팀은 사업을 확장시키기로 결정했다.

개발 팀은 워렌 버핏을 찾아가 투자를 권유했다. 그러나 그는 코웃음을 치며 누가 이런 음료를 마시겠냐며 투자를 거절했다. 개발 팀은 이에 굴하지 않고 이 음료를 상품화해 홍보했는데 생각보다 반응이 좋았고, 판매가 늘어나자 워렌 버핏은 자신의 결정을 후회했다.

하지만 투자의 귀재인 워렌 버핏은 자신의 실수를 그냥 넘기지 않았다. 코카콜라 대주주였던 그는 코카콜라에 비슷한 음료를 개발하라고 했고, 그렇게 해서 파워에이드가 탄생했다. 실수를 인정하고 곧바로 대처해 역전에 성공한 것이다.

누구나 실수를 저지르지만 그것을 어떻게 대처하느냐에 따라 결과가 달라지지요. 자기 잘못을 인정하는 사람은 진정한 용기가 있는 사람입니다. 가정뿐 아니라 직장생활을 할 때도 자기 잘못을 편하게 인정하는 사람에게는 매력이 느껴집니다.

실수를 한 입장에서도 사과를 하면 과거로부터 자유로워집니다. 어느 가족에게나 고민은 있기 마련입니다. 문제는 고민이 있는 것이 아니라 고민이 있으면 안 된다고 생각하는 데 있습니다.

나는 불같이 달아오르는 성격 때문에 젊은 날에 이런저런 실수들을 많이 저질렀습니다. 내가 나 자신에 대해서 잘 모르고, 세상에 대한 경험도 많지 않아서 생긴 일들이었지요. 그러나 그 경험들이 단지 젊은 날에 일어났던 사건으로 끝나지는 않았습니다. 그 일을 계기로 곰곰이 생각하고 반성하면서 내가 어떤 사람인지 알게 되었고, 실수를 반성하면서 다음에 일어나는 비슷한 상황에서 섣부른 행동으로 일을 그르치는 실수를 줄일 수 있었습니다.

함께
빛나는

다혈질의 대가

신혼 때 고모님 환갑잔치에 간 적이 있었습니다. 자리를 잡고 아내와 함께 음식을 가지고 오기 위해 걸음을 오갔지요. 접시 가득 음식을 담아오는데, 잠깐 사이에 의자가 사라지고 없었습니다. 아내에게 투덜거렸더니 아내가 주변을 둘러보다가 어딘가를 가리켰습니다. 그곳은 테이블마다 의자 색이 달라 금세 의자가 어디로 갔는지 찾을 수가 있었지요. 아내의 손가락이 향하는 곳에는 힘 좀 쓸 것처럼 보이는 손님들이 모여 있었습니다. 운동을 했는지 덩치도 크고 인상도 강해 보였지요. 젊었을 적 나는 정말 다혈질이었습니다. 나는 한 치의 고민도 없이 바로 그곳으로 가서 말했지요.

"실례합니다만, 제 의자를 여기 가져 오신 것 같습니다. 다시 가져가야겠습니다."

지금도 그 손님의 얼굴이 생생하게 기억이 납니다. 내가 그 말을 하자마자 눈썹을 꿈틀대며 '어쭈?' 하는 표정을 지었으니까요. 자신보다 나이도 어린 젊은이가 다짜고짜 시비를 걸어오니 어이가 없었던 모양입니다.

"저기 의자 많네. 가져다 앉으면 될 거 아냐."

그 손님은 의자들을 가리키며 대꾸를 했습니다. 나는 어려 보이고 약해 보인다고 바로 말을 놓고 함부로 말하는 것 같아 열이 확 올랐습니다. 젊은 시절의 나로서는 용납할 수 없는 일이었지요. 나는 물러서지 않고 말을 받아쳤습니다.

"야! 너 지금 뭐라고 했어?"

그다음에는 어떻게 되었을까요? 굳이 말을 하지 않아도 바로 알 수 있을 거라고 생각합니다. 불의라고 생각하고 열을 내고 난 후 결과는 이랬습니다. 서로 주먹이 오고 갔고, 주변은 난장판이 되었습니다. 결국 나는 형님들 손에 실려 집으로 돌아오는 신세가 되었지요. 고모 환갑잔치 분위기가 엉망이 된 것은 물론, 아내는 그날 나의 행동 때문에 제대로 잔치 음식도 먹지 못했지요.

이 일로 인해 나는 깨달았습니다. 올바르지 않은 상황에서 열부터 내고 보는 나의 불같은 성격이 다른 사람에게 큰 불편, 아니 피해가 될 수 있다는 사실을 말입니다. 앞으로 이런 급하고 불같은 성격을 다스리지 못하면, 돌이킬 수 없는 실수를 할지도 모른다는 생각이 들었습니다. 젊은 날에 저지른 실수를 통해 고쳐야 할 점을 배웠던 것이지요.

실수는 가장 좋은 스승

대학생 시절 유치장에 들어갔던 적이 있었습니다. 두 형님과 함께 덕수궁 앞에서 택시에서 내리고 있는데 경찰이 다가와 우리를 붙잡았습니다. 우리가 미처 내리기 전에 다른 손님이 타려고 하던 상황에서 우리와 합승을 했다고 오해를 했던 겁니다. 그때는 경찰이 택시 합승을 단속하던 시절이었습니다. 사실 내일이 아니라 그냥 떠나도 되지만 오해를 풀기 위해 거듭 설명을 했습니다. 그럼에도 경찰은 우리를 계속 합승객으로 거칠게 몰아세웠습니다. 그리고 상황이 심각해지자 경찰이 내 혁대를 잡고 위로 잡아당기며 경고를 하더군요. 그때 나는 억울한 마음에 모멸감까지 겹쳐 흔한 말로 뚜껑이 열렸습니다. 가만히 당하고 있을 수만은 없어 경찰의 손등과 손목을 힘으로 제압했지요. 경찰이 주저앉자 다른 동료들이 몰려와 우리 삼 형제를 체포하더군요. 그길로 우리는 파출소로 끌려갔습니다.

남대문경찰서로 이송되어 유치장에서 하룻밤을 보내면서 내 머릿속에는 수많은 생각이 스쳤습니다. 욱하는 행동으로 상황은 더 꼬여 버렸고, 택시기사는 물론 다른 손님이나 그 누구도 돕지 못했다는 생각에 자괴감이 들었습니다. 나름대로 오해를 풀려고 했던 것인데 욱하는 성격 탓에 형님들과 함께 유치장에 갇혀 버린 꼴이 되고 말았으니까요. 그때 실수를 반성하면서 많이 배우게 됐습니다. 아무리 잘못된 상황이라도 무조건 화를 내고 목소리를 높이는 것은 능사가 아니라는 것을요.

머리로는 이 상황이 올바르지 않다고 생각하고 속에서는 분이 끓어오르더라도, 침착하게 대응하며 해결책을 고민해야 한다는 것입니다. 특히 내 자신의 다혈질 성격에 대해 반성한 것을 확실하게 마음에 새겨야겠다고 생각했습니다. 그리고 그날 이후 실제로 나는 이 경험을 떠올리며 많은 순간을 침착하게 대처할 수 있었습니다.

많은 시간이 지나 KT의 임원을 거쳐 CEO 재직 시절에 노사 분규가 만만치 않았습니다. KT노조는 당시 업계에서도 강성으로 분류되고 있었으니까요. 사측 대표로서 노조 임원들과 만나서 협상하는 일은 긴장되고 어려운 일이었습니다. 특정 사안에 대해 노사 입장이 첨예하게 대립할 때는 날카롭게 신경을 곤두세우기도 했습니다. 그때 나는 내 다혈질 성격이 무척 걱정이 되었습니다. 열이 올라 유치장에 갔던 그날처럼, 상대방의 무례한 행동에 흥분했던 고모님 환갑잔치에서의 불상사같이 아무런 해결책도 찾지 못한 채 상황을 악화시킬 수도 있었으니까요. 그래서 감정이 격해질 때마다 나는 과거의 순간을 떠올리며 마음을 다잡았습니다. 실수를 계기로 반성하고 다짐했던 생각을 잊지 말자고. 다시는 화를 참지 못해 일을 그르치는 행동은 하지 않겠다는 그 때의 결심은 그 이후로 나를 더 나은 사람으로 만들어 주고 지혜롭게 행동하도록 이끌어 주었습니다.

누구나 젊은 시절에는 경험이 부족하기 때문에 실수도 저지르고 어려움도 겪습니다. 그러나 그 실수에 매몰되어 좌절하거나 고통스러워하기보다는 생각을 정리하고 하나의 발판으로 삼아 나아가야 합니다. 경험을 바탕으로 실제로 행동이 달라진다면, 그 자체로 미래를 긍정적으로 만들어 나갈 힘을 얻을 수 있을 것입니다.

내 인생 최전성기에 문득 뒤를 돌아다보니
어두운 숲속에서 길을 잃은 나 자신을 발견하였다.

단테 〈신곡〉 서문 중

3

길, 돌아가도 괜찮아

재능이 없어 다행

"50대까지 제 삶은 실의와 절망의 연속이었습니다. 수십 년간 나는 뭘 해도 최고가 되지 못하는 이류라고 생각했습니다."

≪호빵맨≫의 원작자인 야나세 다카시의 말입니다. 93세인 야나세가 그림책 호빵맨을 그린 것은 54세 때의 일이었습니다. 그리고 호빵맨이 첫 성공을 거둔 것은 그가 60세가 넘어서였지요. 그전까지 야나세는 길고 긴 절망의 터널 속에 있었습니다. 동료 만화가들이 차례로 이름을 날렸고, 신인들에게도 완전히 밀리고 있었으니까요. 그즈음 낙심해 있던 야나세를 그냥 지나치지 않고, 따뜻한 충고를 건넨 사람은 대선배 스기우라 유키오였습니다. 그는 야나세에게 이렇게 말했지요.

"낙심하는 자네 마음을 모르는 바는 아니지만, 인생이란 말이지, 한 발만 더 나가면 바로 빛이라네. 도중에 관두면 그걸로 끝이야."

야나세는 5년이라는 긴 젊은 시절을 전쟁터에서 보냈습니다. 그때 그는 어떤 상황에서도 지켜야 할 정의를 발견했는데, 그것은 배고픈 사람을 돕는 것이었습니다. 어려움에 처한 사람에게 단팥빵인 자기 얼굴을 떼어서 먹이는 호빵맨은 여기서 탄생했지요. 그러나 호빵맨을 본 출판사의 반응은 냉랭했습니다. 이런 그림책은 이번으로 끝내라는 차가운 대답이 돌아왔지요. 아이들에게 책을 사 주는 부모들도 호빵맨이 자기 얼굴을 먹이는 장면이 잔인하다며 반발했습니다. 하지만 야나세는 이렇게 생각했습니다.

'남을 돕기 위해서는 상처 받을 각오를 해야 해. 나를 희생할 각오가 없는데 어떻게 정의를 실현하겠어.'

에너지를 잃고, 비만 맞아도 기력이 쇠진해지면서도 기꺼이 자신의 얼굴을 떼어주는 호빵맨은 세상에서 가장 약한 히어로였습니다. 하지만 호빵맨을 부정적으로 본 것은 어른들뿐이었습니다. 아이들 사이에서 호빵맨은 큰 인기를 끌게 되었고, 애니메이션까지 만들어지는 대성공을 거두었지요.

호빵맨 속의 캐릭터들에는 공통점이 있습니다. 호빵맨은 물론이고 멜론빵 소녀와 카레빵맨, 그리고 식빵맨도 손가락이 없습니다. 애니메이션 작업을 하는 스태프들이 최대한 빨리 작업을 끝내고 집으로 돌아가 아이들과 함께 시간을 보내기를 바랐던 야나세의 배려였지요.

"나는 무슨 일을 해도 느리고, 머리가 나빠서 보통 사람들이

3일이면 아는 것을 30년 걸려서야 간신히 알게 된 적도 있습니다. 호빵맨도, 그림도, 천천히 조금씩 해왔습니다. 세월이 지나고 보니 내 나름의 발자취가 만들어졌더군요. 저보다 빨리 출세한 사람들이 어느덧 은퇴하는 걸 보니 탁월한 재능을 타고나지 않아 오히려 다행이라는 생각이 듭니다."

　야나세의 말은 많은 것을 생각하게 합니다. 재능이 없다고 한탄하는 사람은 어쩌면 아직 시도조차 하지 않은 것일지 모릅니다. 힘들고 지치는 순간이 온다면, 재능을 타고 나지 않아서 다행이라는 야나세의 말을 기억하며, 화이팅!

행복은 추구의 대상이 아니라 발견의 대상이다.

알랭드 보통

부족함이 주는 축복

몽골 제국의 칭기즈칸은 널리 알려진 대로 역사상 가장 넓은 영토를 정복했다. 그는 사람들에게 세 가지를 당부했다.

첫째, 집안이 나쁘다고 탓하지 마라. 나는 9살 때 아버지를 잃고 고향에서 쫓겨났다.

둘째, 작은 나라에서 태어났다고 탓하지 마라. 세계 정복 당시 몽골 병사의 수는 적군의 1,000분의 1도 안 되었다.

셋째, 배운 게 없다고 좌절하지 마라. 나는 내 이름도 쓸 줄 몰랐지만, 남의 말에 항상 귀 기울였다.

칭기즈칸은 자신에게 주어진 환경에 좌절하지 않았다. 그는 바꿀 수 없는 것을 인정하고 바꿀 수 있는 것에 최선을 다했다. 그렇게 인생을 바꾸어 나갔고 결국 세상에 이름을 남겼다.

세상은 평평하지 않습니다. 땅이 울퉁불퉁한 것처럼 우리가 속한 사회도 울퉁불퉁하지요. 멀리서 보면 지평선처럼 반듯하게 보일지 몰라도 가까이 다가서면 여기저기 굴곡이 있습니다. 사람마다 자라는 삶의 환경도 마찬가지입니다. 볕이 잘 드는 따

함께
빛나는

뜻한 곳에서 자라 온 사람도 있지만, 그늘지고 습한 곳에서 힘들게 자라 온 사람도 있습니다.

개인과 사회가 가지고 있는 이런 차이는 사회를 변화시키는 동력을 만들어 내는 긍정적 기능을 하기도 하지요. 수력발전소의 높이 차이가 많이 날수록 발전량이 많은 것처럼 말입니다. 그러나 반대로 사회를 정체시키기는 부정적 기능도 있습니다. 변화를 억누르는 힘이 지나치게 강해지면 고인 물이 썩어가듯이 각종 병폐들이 축적됩니다. 누구도 썩은 물을 마실 수 없는 것처럼 병폐가 가득한 사회에서는 그 누구도 행복한 삶을 누릴 수 없습니다.

최근에 여기저기서 수저 이야기를 들었습니다. 부모의 배경에 따라 '흙수저'부터 '은수저'와 '금수저'로 계급이 나누어진다는 것입니다. 어떤 부모 밑에서 태어나느냐에 따라 교육 수준은 물론, 사회적인 지위와 경제력까지 결정된다는 말이겠지요. 실제로 부모의 학력과 재력에 따라 자녀의 학업 성취도가 달라진다는 기사가 나온 적도 있습니다.

인간의 본성이 일단 한 번 소유하게 되면, 기득권을 놓지 않으려 하는 경향이 있지요. 자신이 손에 쥔 기득권을 지키기 위해 사회적 장애물을 설치하거나 공정한 기회를 허용하지 않는 경우가 적지 않은 것이 현실입니다. 진입장벽을 높이고 고급 정보를 독점하고 노하우를 축적하기도 하며, 그들이 가진 힘으로 아예 제도를 바꾸는 경우도 있습니다. 그들이 생각하는 세상과 바깥세상과의 격차를 크게 벌려 배타적인 자신들의 세계에 다른 사람들이 범접하지 못하도록 하는 것입니다.

이대로 가면 정말이지 새로운 형태의 신분 사회가 만들어질지도 모를 일입니다. 계층이 나뉘고 고착되면 그 사회는 불안해질 수밖에 없지요. 반목이 일상화되고 갈등이 증폭되는 사회가 지속적인 발전을 이루기는 어렵기 때문입니다. 그 속에서 행복하게 살아갈 수 있는 사람도 많지 않고요. 기대한 만큼 얻지 못한 사람도 불행하지만, 불행해진 사람들을 곁에 두고 자기 것만 지키려는 사람들도 결코 행복할 수 없습니다.

모든 사람이 똑같을 수는 없겠지만, 다양한 입장과 처지를 가진 구성원들이 큰 울타리 안에서 '하나'라는 느낌을 가질 수 있어야 사회가 건강하게 발전할 수 있습니다. 그렇다면 사회를 통합시키기 위해서는 어떻게 해야 할까요? 모두가 노력해야겠지만, 특별히 사회에서 더 많이 가지고 누리는 사람들이 솔선해서 노력을 해야 한다고 생각합니다. 그들에게는 그만큼의 책임이 있기 때문입니다.

함께
빛나는

반대로 현재 많은 것을 누리고 있지 못하고 있다면 어떻게 해야 할까요? 나는 이제 막 사회로 나선 청춘들이 수저론에 낙심하는 모습을 많이 보았습니다. 그러나 그렇다고 인생 여행에서 가장 빛나는 시기를 낙심한 채 흘려보내는 것은 정말이지 안타까운 일입니다.

물론 나도 어릴 적에는 집안이 부유하거나 물질적으로 훨씬 나은 친구들을 보면서 부럽다는 생각을 하고는 했습니다. 그러나 그로 인해 나의 환경을 탓하며 좌절하지는 않았습니다. 대신 내가 가지고 있는 것들을 떠올리며 스스로 위안을 했습니다. 내 곁에는 화목한 가족이 있으니 좋고, 또 젊기 때문에 앞으로 많은 기회가 있을 거라는 식으로 말입니다. 그러다보면 보람 있게 살기 위해서는 내 인생을 잘 설계해서 열심히 공부하고 노력해야겠다는 결론에 도달하게 되었지요.

달리 생각해 보면 문제점이 보이지 않거나 문제가 아예 없는 것이 더 답답한 것입니다. 내가 확실하게 부족하다고 느끼는 것이 있다면 이를 해결할만한 노력을 하거나 다른 해결방향을 찾으면 되기 때문입니다. 나는 부모로부터 기업이나 유산을 물려받지는 않았지만, 오히려 내가 노력해서 이루어 갈 수 있는 부분이 많다는 것 자체가 기회이자 보람으로 느껴졌습니다. 그래서 실제로 젊을 적부터 나는 내 길을 스스로 선택하고 이를 위해 끊임없이 노력하며 살아왔습니다. 그리고 CEO가 되었을 때는 집안 환경이 좋았던 친구에게 이런 축하를 받았지요. "남중수가 CEO가 된 건 부모 도움이 아니라 본인 노력으로 이룬 결과라 더 보람이 있고 정말 축하받을 일"이라고 말입니다.

미국 롱거버거 사의 창업주 데이브 롱거버거가 인터뷰에서 이런 말을 했습니다.

"나는 대학에 다니지 않았다. 또 나는 기업 경영 같은 것에 대한 훈련을 받지 못했다. 어떻게 하면 부자가 될 수 있는지 강의를 들어본 적도 없다. 내가 아는 모든 것은 사람들이 말하는 것을 경청하고 관찰하면서 배운 것이다. 그리고 그렇게 배운 것이 내가 가는 길에 도움이 된다면 바로 실천을 했다. 공부는 잘 못했지만 생각은 깊이 했다."

오하이오 주의 시골 마을에 본사를 두고 있는 롱거버거 사는 바구니를 만들어 파는 회사인데, 연 매출이 10억 달러나 됩니다. 창업주 데이브 롱거버거는 소위 말하는 가방 끈이 무척 짧은 사람이었지요. 그리고 시골 출신으로 경영학도 모르고, 강의도 들어본 적 없고, 머리도 좋지 않았습니다. 하지만 그는 당당히 성공했고, 이렇게 말했습니다. 자신과 같이 보잘 것 없는 작은 시골 마을 출신이 성공할 수 있다면, 열심히 일할 의지를 가지고 성실히 살아가는 대부분의 사람들은 모두 성공적인 인생을 살 수 있다고 말입니다.

지금 어깨를 움츠리고 '난 배경과 학력이 좋지 않아. 나는 가진 게 너무 없어. 나는 운이 없어'라는 생각을 하고 있다면, 그냥 열심히 살다 보니 성공하게 되었다는 롱거버거 사장의 말을 생각해 보길 바랍니다.

또 이런 사람도 있습니다. 이 사람은 가난한 집에서 태어났고 정상적인 학교 교육도 받지 못했습니다. 사업을 하다 두 번 망했고, 선거에서는 여덟 번 낙선했지요. 그리고 사랑하는 여인을 잃고 나서는 정신병원 신세를 지기도 했습니다. 그러나 이 사람은 스스로를 운이 나쁘다고 생각하지 않았습니다. 그는 인생 막바지에 미국의 16대 대통령이 되었지요. 바로 링컨입니다.

자신의 수저가 무엇인지는 그야말로 주어진 환경이지 인생의 결과는 아닙니다. 어쩌다 흙수저였지만 실패를 경험삼아 막바지에 대통령이 된 링컨처럼 하루하루를 나아간다면, 분명 자신만의 성공적인 인생을 만들 수 있을 것입니다.

스트레스, 피하지 마라

직장 생활을 이제 막 시작하는 새내기라면 여러 가지 걱정이 많을 것입니다. 나도 성격이 급하고 다혈질에 분명한 걸 좋아하다 보니 초기 직장 생활이 순조롭지 않았습니다. 권위적이고 관료적인 문화를 싫어해서 입바른 소리를 잘해 나를 싫어하는 상사들도 많았습니다.

직장에서 직원들이 모이면 윗사람을 안줏거리로 삼는 경우가 많습니다. 어떤 면에서 직원들 스트레스 해소에 도움이 되는 상사라고 할 수도 있겠지요. 그리고 이런 일은 동서양 구별이 없습니다. 네덜란드 속담에도 '윗사람에게 아부하고 아랫사람을 짓밟는다'라는 말이 있으니까요.

나도 직장생활을 하는 동안 운 좋게 마음에 맞는 상급자를 만난 적도 있었고, 나와 잘 맞지 않는 분과 지낸 적도 있었습니다. 집보다 회사에서 더 오랜 시간을 보내는 직장인으로서 마음에 맞지 않는 상사와 일하는 것은 정말이지 괴로운 일이었지요. 그때는 마지막 카드로 누가 더 오래 있나 보자는 생각으로 지냈습니다. 실제로 회사에서 상사들은 길어야 1~2년 안에 자리를 이동합니다. 5년이고 10년이고 같이 일하는 것은 아니니까 이 문제로 너무 속상해 할 필요는 없다고 생각했습니다.

함께
빛나는

좋은 스트레스 나쁜 스트레스

많은 직장인들이 스트레스 해소라는 말을 입에 달고 삽니다. 그러나 스트레스를 해소하기 어려운 사람은 스트레스와 함께 사는 것도 방법입니다. 원수처럼 밀어내려다 보면 그 자체가 또 스트레스가 될 수 있기 때문에 잘 다스리며 친구처럼 함께하는 것이지요.

미국 애리조나 주에 선밸리라는 도시가 있습니다. 미국의 억만장자들이 모여 사는 은퇴촌이지요. 그런데 거기 사는 사람들이 도심지에 사는 사람들보다 치매 발병률이 더 높다는 놀라운 보고가 나왔습니다. 부자들이 모여 지상낙원처럼 만든 도시라 사람들은 무척 의아해했지요. 그 이유에 대해 더 조사를 해 보니 세 가지가 없기 때문이라는 결과가 나왔습니다. 첫째는 스트레스가 없고, 둘째는 변화가 없으며, 셋째는 걱정이 없다는 것이었지요.

삶에는 걱정도 있고 갈등도 있어야 합니다. 그것을 헤쳐 나가고 풀어 나가는 게 바로 인생의 묘미이지요. 그리고 무엇보다 필요한 것이 변화입니다. 내일을 알 수 없는 우리는 장마를 만나기도 하고, 한 여름의 더위와 가을의 시원한 바람을 만나기도 합니다. 이런 사계절의 변화가 우리에게 신선한 순환의 주기를 만들어 주듯 변화는 우리에게 신선한 활력소를 가져다줍니다.

직장생활에서는 책임이 주어지고 할 일이 많아지지만, 이것을 열심히 해냈을 때는 개인적으로 성장하고 직장 내에서 인정을 받을 수 있습니다. 그리고 이런 일련의 과정들을 이해하고 의미를 두게 되면, 스트레스를 다루는 데 유연해질 뿐 아니라 일에 몰입하는 데도 도움이 됩니다.

그러나 직장에서 겪는 일 중에 도움이 되지 않는 스트레스도 있습니다. 전혀 필요 없는 형식적인 절차를 준수하는 일과 불필요한 과정, 그리고 사내에서의 줄타기나 정치도 스트레스입니다. 이런 스트레스는 소모적일 뿐 아니라 개인적으로 성장한다는 의미를 가질 수 없기 때문에 나쁜 스트레스라는 것이지요.

학자들은 직장에서 받을 수 있는 스트레스를 모아서 의미를 붙일 수 있는 것과 없는 것을 구분하여, 좋은 스트레스와 나쁜 스트레스로 나누고 연구를 했습니다. 좋은 스트레스는 '도전 요인', 나쁜 스트레스는 '방해 요인'으로 이름을 붙였지요. 2000년대 이후 스트레스를 두 가지로 나눈 이 이론을 바탕으로 수많은 연구들이 이루어졌는데, 대부분 비슷한 결론에 도달하게 됩니다. 똑같은 스트레스지만 '도전 요인'은 우리를 발전시키는 데 도움이 되고, '방해 요인'은 성과를 저하시킨다는 것입니다.

함께
빛나는

이처럼 스트레스도 무조건 나쁜 것이 아닙니다. 나쁜 스트레스는 피하는 게 좋겠지만, 좋은 스트레스는 긍정적 효과를 발휘하기도 하니까요.

통제 가능한 변수에 집중하자

직장 생활을 하다 보면 본인이 생각하는 가치와 회사가 요구하는 가치가 충돌할 때가 있습니다. 이런 경우, 넓은 시야로 보면 내가 추구하는 가치와 회사가 요구하는 가치를 조율할 수 있는 여지가 꽤 있습니다. 눈앞에 마주친 사안을 들여다보면 의외의 공간을 발견할 수 있지요. 자기 정체성을 걸고 타협할 수 없는 본질적인 부분이 아니라면, 융통성을 발휘하는 것도 좋은 방법 중 하나가 될 수 있습니다.

직장 생활뿐 아니라 인생 여행 전체에 해당되는 것 중 통제 가능한 변수와 통제 불가능한 변수가 있습니다. 사람들은 갈등이 생겼을 때 보통 통제 불가능한 변수 즉, 불가피한 환경이나 상황을 탓합니다. 그러나 능률을 올리려면 통제 가능한 부분에 집중해서 노력하는 게 훨씬 가성비가 높겠지요.

어느 성직자의 기도문을 본 적이 있습니다.

"내가 바꿀 수 있는 것은 과감히 도전할 용기를 주시고, 내가 바꿀 수 없는 것은 받아들일 침착함을 주시고, 이 두 가지의 차이를 알 수 있는 지혜를 주소서."

힘이 드는 것은 앞으로 나아가고 있기 때문이고, 도망치고 싶은 것은 현실과 맞서 싸우고 있기 때문입니다. 또한 불행한 것은 행복해지기 위해 노력하기 때문이지요. 우리 사회도 마찬가지입니다. 헬조선이 된 이유를 인식하고 모두가 개선하는 노력을 해야 하지만, 이와 함께 헬조선만 문제 삼지 말고 자신이 할 수 있는 노력을 다해야 할 것입니다.

함께
빛나는

작은 걱정 큰 걱정

아주 오래 전 이야기로 조선 말기였다. 하루는 비가 억수같이 내려서 곳간 지붕이 새기 시작했다. 물이 고이기 시작하자 어른들은 하인들을 찾느라 분주했다. 당장 지붕을 수리하지 않으면 곳간 안에 쟁여둔 곡식이 비에 맞을지도 모르기 때문이었다. 그런데 아무리 찾아봐도 하인들이 보이지 않아 이웃 동네 사람에게라도 도움을 요청해야 할 상황이 되었다. 그 모습을 툇마루에 앉아 가만히 지켜보던 진사할배가 이렇게 말했다고 한다.

"야야, 여기 구멍 막으면 안방이 샐 수도 있으니까, 아랫사람들 너무 무리하게 하지 마라."

나는 걱정거리가 머릿속에 가득해질 때면 어릴 적 들었던 외고조부이신 진사할배 이야기를 떠올립니다. 시험 성적이 좋지 않아 침울해하던 나에게 어머니가 해 주었던 이야기입니다. 처음에 나는 이 말이 무슨 의미인지 몰라 어리둥절했습니다. 곳간 지붕을 막으면 안방이 샐 수도 있다니? 곰곰이 생각해 보니 당장에 닥친 어려움에 호들갑 떨 필요가 없다는 말이었습니다. 작

함께
빛나는

은 어려움이 혹시 닥칠지도 모를 더 큰 어려움에 대해 예방주사 역할을 한다는 것이지요. 요즘 말로 간단하게 이야기하면 액땜입니다. 자동차를 새로 구입한 지 얼마 지나지 않아 접촉사고가 나면 주변에서 "액땜한 셈 치라"고 위로를 합니다. 이는 작은 걱정을 미리 했으니 큰 걱정을 잘 대비할 수 있을 거라는 덕담입니다. 또 "잔병치레가 많은 사람이 오래 산다"는 말도 비슷한 맥락입니다. 잔병들 때문에 자기 건강을 주의 깊게 살피기 때문에 큰 병을 막는다는 뜻이지요.

요즘 사람들에게 걱정은 감기나 다름이 없습니다. 삶을 살아가다 보면 이런저런 걱정거리가 끊이지 않는 것도 사실이고요. 그래서 걱정을 다루는 태도가 인생에서 중요한 역할을 하는 것입니다.

물컵 내려놓기

사실 막상 걱정이 생기면 모든 것이 크고 어렵게 다가오기 마련입니다. 이게 작은 걱정인지 큰 걱정인지 절대적인 기준으로 나누는 것도 어렵고요. 또 사람에 따라서 똑같은 상황이 큰 걱정이 되기도 하고 작은 걱정이 되기도 합니다. 결국 걱정거리를 앞에 두게 되면 판단을 하고 분류할 것이 아니라 걱정을 대하는 마음을 바꿔야 한다는 말입니다.

지금 내가 겪는 어려움을 작은 것으로 여기면 다음을 준비하는 지혜를 얻을 수 있고, 그런 경험이 반복해서 쌓이면 걱정을 대하는 데 노련함이 생깁니다. 물론 큰 걱정으로 받아들였다고 해서 경험이 안 쌓이는 것은 아니에요. 그것은 그것대로 경험이 되겠지만 크게 받아들이면 어려움에서 빠져나오는 데 느끼는 고통과 노력, 그리고 시간과 에너지가 더 커질 수밖에 없으니 작은 걱정이라 생각하고 현명하게 풀어 나가야 한다는 말입니다.

어느 심리학자는 걱정을 두고 물컵 내려놓기에 비유했습니다. 학생들에게 걱정에 관해 이야기하면서 물이 들어있는 컵을 들고 질문을 던졌지요.

"이 물컵의 무게는 얼마나 될까요?"

학생들의 대답은 250그램에서 500그램 사이에 있었습니다. 그러자 심리학자는 물컵의 실제 무게는 중요하지 않다고 말했습니다. 그리고 진짜 문제는 '이 물컵을 얼마나 오랫동안 들고 있는가'라고 했지요. 만약 물컵을 1분 동안 들고 있는 다면 별 문제가 되지 않을 겁니다. 그러나 1시간 동안 들게 되면 팔이 점점 저려 오고 아프기 시작할 테지요. 그리고 하루 종일 들고 있으면 팔에 감각이 사라지고 마비가 올 것입니다.

심리학자는 이것을 우리가 살아가면서 만나는 스트레스와 걱정에 비유하여 물컵을 내려놓자고 했습니다. 걱정거리를 잠시 생각하는 것은 문제가 되지 않지만, 아무런 해결을 하지 못한 채 계속 생각하는 것은 머리 아프기만 할 뿐 생각은 오히려 마비되기 쉽지요. 이런 상태가 이어지면 판단력이 흐려지면서 아무것도 할 수 없게 되고 맙니다. 걱정을 안고 있는 것은 정말 아무런 도움도 되지 않습니다.

게다가 걱정은 대부분 생각한다고 달라지거나 해결할 수 있는 것이 아닙니다. 아무것도 할 수 없기 때문에 이러지도 저러지도 못하고, 걱정만 늘어놓는 경우가 대부분이지요. 곰곰이 생각해 보면 이처럼 어리석은 일도 없습니다. 지금 자신이 할 수 있는 것도 다하지 않으면서, 바꿀 수 없는 것들을 걱정하며 살아가는 것이라고 말할 수 있지요. "걱정을 해서 걱정이 없어지면 걱정이 없겠네." 이런 말도 있지 않습니까?

감당하기 어려운 일이 있다면 이런 질문을 자신에게 해 보면서 판단해 보세요. '5년 후에도 이 일이 내게 정말 중요할까?' 눈앞에 주어진 상황은 좋든지 나쁘든지 시간이 흐르면 반드시 바뀌게 됩니다. 사람들은 대부분 인생을 두고 흐리거나 비 내리는 날이 많지 활짝 갠 맑은 날은 드물다고 말합니다. 그러나 구름 낀 날과 비 오는 날도 영원히 지속되는 경우는 없지요. 또 어떤 날은 도깨비가 요술을 부린 듯이 순식간에 맑은 날로 바뀌기도 합니다. 자신이 햇살을 볼 수 없는 순간에 있다고 해도, 해가 사라진 것이 아님을 기억하기 바랍니다. 오히려 해는 언제나 제자리에서 우리가 허락할 때 빛날 준비를 하며 기다리고 있는 것인지도 모릅니다.

걱정은 선택

얼마 전 드라마에서 흘러나온 전인권의 노래가 한동안 귓가를 맴돌았습니다. 이미 유명한 노래인 〈걱정말아요 그대〉였지요. 서정적인 선율은 언제 들어도 따뜻하고, 마음을 어루만지는 가사는 아름다웠습니다. 이야기를 건네듯 시작하는 노래는 아무 걱정하지 말라고 합니다. 아픈 기억들을 가슴 깊이 묻어버리고, 아무 걱정하지 말라고요.

"지나간 것은 지나간 대로 그런 의미가 있죠. 우리 다 함께 노래합시다. 후회 없이 꿈을 꾸었다 말해요. 우리 다 함께 노래합시다. 새로운 꿈을 꾸겠다 말해요."

함께
빛나는

우리 삶은 아이러니하게도 힘든 시간 속에서 더 성숙해지는 것 같습니다. 만약 자신이 어둡고 어려운 시간을 보내고 있다면, 이 노랫말처럼 걱정 말고 새로운 꿈을 꾸어야 합니다.

물론 인생을 살아가다보면 이런저런 걱정을 피할 수는 없을 겁니다. 정도의 차이만 있지 모든 사람들이 걱정을 안고 살아가지요. 하지만 우리는 그 걱정을 어떻게 받아들이고 어떻게 흘려보낼지 선택할 수 있습니다. 또 그런 과정을 반복하면서 일종의 훈련을 할 수도 있고요. 일상에서 다가오는 걱정거리들을 잘 살펴보고 이겨낼 수 있는 '작은 걱정'이라는 꼬리표를 의식적으로 붙여 보길 바랍니다. 해결하기 어려운 걱정거리가 생겼다면 큰 걱정 오기 전에 만난 경험이라 생각하고, 물컵을 내려놓듯 손에서 내려놓아 보면 어떨까요. 그러면 뒤에 다가올 시간들의 의미가 달라질 것이고, 이런 훈련이 반복되면 어느새 자신의 내면에 '긍정적 근력'이 강해질 것입니다.

저도 살면서 스트레스를 받을 일이 참 많았죠. 모든 분야가 그렇지만 내가 근무하던 IT분야는 잠시 한 눈 팔면 코 베어간다는 농담을 하던 분야입니다. 조직 내에서 거취가 어려워질 때도 그렇지만 CEO라는 자리는 스트레스를 받을 일이 더 많았죠. 스트레스를 안 받을 수는 없지만 잘 조절하는 나름대로의 방법을 갖는 것이 중요합니다.

제가 터득한 스트레스 해소법 중 하나는 어려운 일일수록 게임이라고 생각하는 겁니다. 장난처럼 가볍게 생각한다는 말이 아닙니다. 지나치게 긴장하거나 마음이 급하면 오히려 일을 그르치기 때문에 '담담하게 관조'하려고 노력하는 거지요.

한 발짝 물러서서 보면, 물 수(水)변에 불 화(火)자가 붙은 '담(淡)'자가 가리키듯 불같은 화도 물을 끼얹은 듯 가라앉고, 나아갈 길이 보이게 됩니다.

사람은 때로 외로울 수 있어야 한다.
외로움을 모르면 삶이 무디어진다.
하지만 외로움에 갇혀 있으면 침체된다.
외로움은 옆구리로 스쳐 지나가는 마른 바람 같은 것이라고 할까.
그런 바람을 쏘이면 사람이 맑아진다.
사람은 가끔 외로울 줄도 알아야 한다.

법정 스님

함께
빛나는

어슬렁거리기

저수지에 말과 소가 동시에 빠지면 둘 다 헤엄쳐서 뭍으로 나온다. 말은 헤엄속도가 훨씬 빨라 거의 소보다 두 배 빠른 속도로 땅을 밟는다. 그런데 평소처럼 잔잔한 저수지가 아니라 장마철에 큰 물이 지면 이야기가 달라진다. 물살이 거세질 때는 소는 살아나오는데 말은 익사하고 만다. 왜 다른 결과가 나오는 것일까?

말은 물살을 이기려고 거슬러 헤엄쳐 올라간다. 1미터 전진하고 물살에 1미터 후퇴하기를 반복하며 제자리 헤엄을 치는 것이다. 그렇게 맴돌다가 지쳐서 익사해버린다. 그러나 소는 절대 물살을 거슬러 올라가지 않는다. 그냥 물살에 등을 지고 같이 떠내려간다. 지켜보는 입장에서는 저러다 죽겠다 싶지만 소는 10미터 떠내려가다가 조금씩 강가로 움직이고, 또 10미터 떠내려가다가 조금씩 강가로 움직인다. 그렇게 2, 3킬로미터를 떠내려가다 어느새 강가의 얕은 모래밭에 발이 닿아 엉금엉금 걸어 나오는 것이다.

재직시절 나는 KT 홈페이지에 있던 취미란에 어슬렁거리기라고 적어두었습니다. 살면서 여유를 가지고 인생을 여행하고 싶은 마음에서 생겨난 진짜 나의 취미이지요. 어느 장소라도 어슬렁거리며 걷는 것은 많은 것을 볼 수 있도록 해 줍니다. 책방의 카페에서 차 한 잔을 하면서 여유를 부리고, 동네 길을 산책하면서 계절이 변해가는 모습을 관찰하다 보면 삶의 의욕이 충만해지는 것을 느끼지요. 일상의 작은 것들에서 행복을 느낄 수 있게 되면, 빠른 속도에 익숙해져 놓치고 있던 중요한 것들이 새삼스럽게 선명해지기도 합니다.

특히, 나는 골치 아픈 문제가 생겼을 때 문제의 답을 찾으려고 애쓰기보다는 밖으로 나가 목적지 없이 느릿느릿 걷습니다. 그러면 막막한 상황들로부터 장막을 걷어내고, 나 스스로를 돌아볼 수 있는 시간이 찾아옵니다. 한가로이 산책을 계속하다 보면 주변 사람들을 살피는 시선도 생기고 마음이 한결 편안해집니다. 단지 천천히 걷는 것뿐이지만, 그 시간은 나에게로 들어가는 뜨겁고 깊은 시간이 되는 것입니다.

이탈리아 사람들의 생활신조 중에 '돌체 파니엔테' 라는 말이 있습니다. 하는 일 없이 쉬는 즐거움과 빈둥거림의 달콤함을 일컫는 말입니다. 다른 말로 하면 무위의 즐거움과 달콤한 게으름입니다. 바쁘고 번잡한 일상에서 빈둥거리며 즐기는 것. 주말에 늦잠을 자고 일어나 늦은 아침을 맛있게 먹고, 부담 없는 소

함께
빛나는

설이나 만화책을 뒤적거리다 햇살이 쏟아지는 창가에서 바람에 흔들리는 나무를 보다가 잠이 드는 것. 혹은 늦은 오후의 햇살을 맞으며 거리를 거닐다가 야외 테라스가 있는 카페에서 커피를 마시는 여유를 누리는 것 등이 포함되겠지요.

휘게와 얀테의 법칙

덴마크에는 휘게hygge 문화가 있습니다. 지금 이 순간 소박한 일상의 행복을 뜻하는 말로, 목표를 향한 경쟁보다 주어진 환경에서 누리는 여유를 중요시하는 것입니다. 가족과 친구와 나누는 담소나 저녁 식사 후 느긋한 산책 같은 것들이 모두 휘게입니다. 이런 일상의 여유는 덴마크가 행복 지수 1위 국가로 꼽힌 비결 중 하나라고 할 수 있죠.

행복 지수가 높은 북유럽 국가가 공통적으로 따르는 생활 원칙이 있습니다. 바로 '얀테 법칙Janteloven'과 '라곰lagom'입니다. 얀테는 남을 배려하는 마음에서 비롯된 것인데, 스스로를 특별하게 여기지 말고 다른 사람과 조화를 이루며 겸손하게 살아가라는 평등 정신이 핵심이라고 할 수 있습니다. 라곰은 넘치지도 모자라지도 않는 적당함을 의미합니다. 적당히 일하고 적당히 돈을 벌며, 적당히 행복한 것을 모두가 행복해지는 길로 여기는 것이지요. 그래서 라곰은 열심히 일하려는 사람들의 의욕을 꺾는다는 비판도 있긴 하지만 조화로운 스웨덴 사회를 만들어 내는 데 크게 기여한다는 것은 부정할 수 없는 사실이지요.

바쁘다는 뜻의 한자인 바쁠 망(忙)을 들여다보면, 마음 심(心)자에 잃을 망(亡)자가 합쳐져 만들어진 글자입니다. 바쁘다는 것은 곧 마음을 잃는다는 의미라고 볼 수 있습니다.

생각해 보면 우리는 바쁘다는 핑계로 정작 중요한 일이나 본업에 충실하지 못할 때가 있습니다. 바쁜 일상에서도 자신이 우선인데 스스로를 헤아리지 못하는 것이지요. 내가 여행을 좋아하는 이유도 바쁜 일상 속에서 미처 깨닫지 못했던 것들을 알게 되기 때문입니다. 익숙한 환경을 벗어나 자연스럽게 몸에 깃든 습관을 버릴 수 있고, 나 자신을 뒤집어 봄으로써 새로운 상황을 볼 수 있는 시야도 가질 수 있지요. 바쁜 일정이 이어지는 하루하루에서 한가함을 누리기 위해서는 무엇보다 여유로운 마음과 현재를 즐기는 태도, 그리고 재치와 유머가 필요합니다. 또 삶을 다양한 방향에서 바라보려는 유연한 시각도 중요하지요.

사실 나는 성격이 급해서 많은 실수를 하고, 불편한 일들을 경험해야 했습니다. 그래서 느긋해지기 위해 일부러 어슬렁거리

함께
빛나는

려고 노력을 합니다. 그러면 바쁜 생활 속에서도 마음의 속도를 조절할 수 있고, 새로운 시선도 가질 수 있습니다. 급한 성격을 보완하는 것은 물론이고, 작고 소박한 순간으로부터 중요한 것들을 깨닫게 되지요.

인생은 야생마가 달리는 길

사람들은 때로 자신이 가진 속도보다 과속을 하는 경우가 있습니다. 사회에 나가 치열한 경쟁을 하며 앞을 향해 달려가다 보면, 자신에게 맞는 속도를 잃어버린 채 관성이 붙게 됩니다. 마치 고속도로에서 속도를 높여 달리고 있는데 자신은 차 안에서 빠르게 변하는 풍경에 길들여져서 실제의 속도를 체감하지 못하는 것과 같습니다. 그러므로 인생이 달라지길 원하는 순간이 온다면, 속도에서 오는 긴장감을 내려두고 자신에게 맞는 속도를 생각해 볼 필요가 있습니다. 뒤처지지 않겠다는 생각으로 무작정 앞을 향해 내달리는 것보다 자신만의 진정한 속도를 가졌을 때 새로운 시야가 열리니까요. 그러면 익숙한 것들도 새롭게 다가올 것이며, 그로 인해 새로운 에너지도 생겨날 것입니다.

바쁘게 살아가는 사람의 가장 큰 문제는 오직 성공할 때만 기쁨을 느낀다는 것입니다. 그들은 과정의 중요성을 알지 못합니다. 그러나 결과에만 집착하기엔 인생은 긴 시간입니다. 천천히 걸어도 괜찮습니다. 오히려 천천히 가면서 자신만의 방향을 찾을 때 자신의 손에 더 많은 것을 얻을 수 있으니까요. 부디 천천히 걸으면서 인생의 풍경을 마음껏 즐기길 바랍니다.

인생은 선택과 갈등의 연속으로 이루어져 있습니다. 매 순간 후회 없는 선택을 하기 위해서는 자신이 어떤 사람이고 무엇을 원하는지 항상 고민해야 합니다. 경주마는 무작정 앞을 보고 달리지만, 야생마는 가야 할 곳과 피해야 할 곳이 어디인지를 끊임없이 생각하면서 달립니다.

인생은 경주마가 달리는 트랙보다 야생마가 달리는 자연의 길을 닮았습니다. 예측 불가능하고 상식을 뒤엎는 사건들이 터지기 마련이지요. 모든 문제들이 비탈을 내려오는 눈덩이처럼 커져서 덮쳐 오는 순간, 또는 나무들이 빽빽이 들어차 있어서 도무지 길이 보이지 않을 때에는 속도를 늦춰야 합니다. 위기의 순간일수록 삶의 균형을 찾는 것이 중요하거든요. 상황이 시시각각 변하더라도 날카로운 균형 감각을 유지한다면, 삶의 궤도는 크게 어긋나지 않을 것입니다.

한 마디의 힘

길가에 종이를 들고 구걸을 하고 있는 걸인이 있었다. 종이에는 이런 말이 쓰여 있었다.

'저는 앞을 못 보는 맹인입니다.'

사람들은 걸인에게 관심이 없었고, 앞에 놓인 깡통에도 돈을 넣지 않았다. 이때 우연히 그 모습을 본 프랑스 시인 앙드레 브르통Andre Breton은 걸인에게 다가가 종이의 문구를 바꾸어 주었다.

'봄이 왔지만, 저는 그 아름다운 봄을 볼 수 없습니다.'

그러자 지나가던 사람들이 그 글을 읽고 호주머니에서 돈을 꺼내 깡통을 채워주기 시작했다. 맹인이라는 말보다 봄을 볼 수 없다는 말이 사람들로부터 공감을 이끌어 내 행동으로 이어진 것이다. 이처럼 말 한마디의 힘은 우리가 생각하는 것보다 훨씬 강력하다.

"만약 그때 그 일을 하지 않았더라면."

"만약 그때 그런 선택을 하지 않았더라면."

"만약 그 사람을 만나지 않았더라면."

어느 저명한 정신과 의사가 말하기를, 수많은 환자들이 '만약'

이라는 말을 쓰며 과거에 집착하거나 후회하는 모습을 보인다고 합니다. 과거에 대한 부정적인 생각이 현재를 우울하게 만들고, 나아가 앞으로 다가올 시간까지도 두렵게 느끼도록 한다는 것이지요.

우리의 몸과 마음은 하나입니다. 세상일을 받아들이는 방식과 사고 습관이 행동을 이끌어내지요. 말의 힘은 생각보다 엄청납니다. 나는 인생의 99퍼센트가 말하는 대로 이루어진다고 생각합니다. 하루 1분, 입가에 미소를 띠고 스스로에게 잘할 수 있다고 긍정의 주문을 외우면 일이 잘 풀리도록 돕는 에너지가 생깁니다. 무엇보다 좋은 말을 하는 습관을 들이면, 그 말의 은혜를 받는 것은 바로 나 자신이지요. 그러니 이제 지나간 시간을 말할 때는 '만약'이라는 말 대신 '다음'이라는 긍정의 말을 붙이길 바랍니다.

"다음에는 좀 더 잘해야지."

"다음에는 그런 행동은 하지 말아야지."

사고를 긍정적 방향으로 바꿀 수 있다면, 지나간 과거를 후회하는 헛된 시간에서 벗어나 현실을 돌아보고 미래를 준비하는 충만한 시간을 가질 수 있습니다.

함께
빛나는

'하지만'과 '그리고'

말을 바꾸는 것만으로도 사람들과의 관계까지 긍정적인 방향으로 이어갈 수 있습니다. 그러나 우리 대부분은 무의식중에 '하지만'이라는 말을 씁니다. 이 말은 즉각적으로 '내 생각이 네 생각보다 옳아. 넌 틀렸어'라는 느낌을 전달합니다. '하지만'을 '그리고'로 바꾸는 것으로 상대방의 이야기에서 오류를 찾으려는 태도에서 벗어나 상대의 의견을 존중할 수 있습니다. 또한, 자신의 의견을 전달할 때도 '그리고'라는 말은 유용합니다.

"문서를 잘 만들었네. 그리고 이런 질문을 더 넣으면 어떨까?"

이런 식으로 상대를 존중하며 대화를 이어나갈 수 있습니다. 만약 다른 사람과 견해 차이로 자주 고민을 하는 사람이라면, 자신이 어떤 느낌의 단어를 쓰고 있는지 떠올려 보길 바랍니다. '하지만'은 갈등을 깊게 하고, '그리고'는 갈등을 예방하니까요.

기쁨과 괴로움, 그리고 성공과 실패는 한 순간의 생각 차이로 결정되는 경우가 많습니다. 우리는 성공하고 싶다는 생각에 집착해서 조급하게 굴거나 불안에 사로잡히곤 합니다. 하지만 부정적인 감정이 마음을 지배하고 있는데 어떻게 발전적이고 바른 방향을 찾을 수 있을까요? 긍정적인 말을 시작으로 행동을 바꾸고, 서로가 서로에게 힘이 되는 관계를 넓혀 간다면 앞으로의 일들도 분명 자신이 말하는 대로 흘러갈 것입니다. 바로 말의 은혜를 받게 되는 것이지요.

쓴소리 달게 듣기

사람이 발전하기 위해서 가장 중요한 것은 스스로를 제대로 아는 것입니다. 자신이 막연히 가지고 있는 이미지나 상태에 대해서가 아니라 말 그대로 자기 본연의 모습이 무엇인지 정확히 아는 것이지요. 소위 '거울 보기'라고 할 수 있습니다. 그리고 기업에서 직책을 맡아 일을 할 때도 상황을 제대로 아는 것이 중요합니다. 그래서 다른 사람들로부터 피드백을 받는 것입니다.

피드백은 우리말로는 되먹임입니다. 시스템에서 자기 제어와 정정을 위해 결과의 일부를 입력으로 되돌리는 것을 뜻하지요. 나는 근무지를 떠날 때는 늘 개인적으로 피드백을 받았습니다. 작은 조직일 때는 직접 개개인에게 받고, 조직이 커진 후에는 공식적인 절차를 통했지요. 그러나 여기서 재미있는 것은 십수 년 전의 피드백 자료를 살펴봐도 비슷한 문제점이 지적되고 있었다는 사실입니다. 이는 문제가 해결되지 않은 채 같은 피드백이 반복된다는 것인데, 그러면 피드백이 무의미한 것일까요?

함께
빛나는

사람들 각자의 타고난 스타일은 쉽게 바뀌지 않습니다. 그러나 피드백을 받고 노력을 하면 90퍼센트는 못 바꿔도 10퍼센트는 바꿀 수 있습니다. 또, 바꾸지 못한 90퍼센트도 본인이 알고 있는 것과 모르는 것은 큰 차이가 있습니다. 그래서 나는 나 자신의 발전을 위해서 쓴소리 해 주는 사람을 가까이 하려고 노력했습니다. CEO시절 주위 사람들에게 이렇게 말하기도 했지요. 문제점을 알고도 말 안 해 주면 직무유기니까 그 사람 책임이고, 말을 해 주었는데도 내가 안 고치면 내 책임이라고 말입니다.

나 또한 CEO가 되기 전에 상사들에게 듣기 싫은 소리를 즐겨 했습니다. 물론 듣기 싫은 이야기를 하면 좋아할 사람은 별로 없습니다. 특히 우리 사회는 아직 건설적인 토론 문화가 익숙하지 않아서, 다른 사람에게 직언을 듣는 것도 어색하고, 하는 것도 어렵습니다. 그럼에도 상사에게 싫은 소리를 했던 이유는 돌이켜 생각하면 피드백이 경영에 큰 도움이 되기 때문입니다.

"이 문을 나설 때 내가 열이 받아 뚜껑이 열리게 해 달라."

현장에 나가 직원들과 모임을 가질 기회가 생기면 내가 꼭 했던 말입니다. 날이 선 말이라도 정확하고 확실한 피드백을 받는다면 그것보다 더 값진 것은 없기 때문입니다. 처음에는 과연 누가 말을 해줄까 하는 의구심도 있었습니다. 그러나 막상 현장에 나가보니 나를 부끄럽게 해 주는 사람들이 많았습니다. 나는 개인 오너가 없는 분산된 지배구조를 가진 회사의 경영자로서 주인의식이 있다고 자부했는데, 내가 부끄러울 정도로 주인의식이 투철한 직원들이 있었지요. 그들이 몸소 보여 주는 피드백은 개인 오너가 없어도 얼마든지 강력한 오너십이 가능하다는 확신을 나에게 불어넣어 주었습니다. 또한 투명한 선진 지배구조를 성공시켜 한국 기업사에 중요한 피드백을 남겨야 한다는 사명감까지도 일깨워 주었지요.

거울 앞에 서서 자신의 모습을 바라볼 때 거울에 비친 모습이 실제 모습일까요? 아닙니다. 실제와는 달리 좌우가 바뀌어 보이지요. 또 자신의 목소리를 녹음해서 들으면 평소 귀에 들리는 것과 달라 생소한 느낌을 받기도 합니다. 스스로 느끼는 자신의 모습이 오히려 실제와는 차이가 있고, 남이 바라보는 모습이 진짜 자신인 것입니다.

나는 현장에서 주인 의식을 가지고 정확한 피드백을 주는 사람들을 보며 느끼는 것이 많았습니다. 그런 경험을 하고서 문을 나서게 되면 들어설 때 내가 했던 부탁과는 다른 상황이 벌어집니다. 싫은 소리 들었다고 뚜껑 열리는 게 아니라 가슴이 시원하게 열리는 것이지요. 이것이 바로 피드백의 힘입니다.

함께
빛나는

새벽 다섯 시 반의 힘

현대 무용가이자 안무가인 트와일라 타프는 70세가 넘은 나이에도 미국 무용계의 여왕이라고 불린다. 손대는 작품마다 평단의 극찬을 받아온 그녀는 자신의 창조성이 선천적인 것이 아니라 노력을 습관화하고 반복하면서 생긴 것이라고 말했다.

"제 작품이 성공할 확률은 잘해야 여섯 개 중 하나라고 생각해요. 그래서 최종 작품을 완성할 때까지 여섯 개의 작품을 만들어요."

그녀에게 꾸준한 노력이라는 것은 어느새 단단해진 굳은살처럼 당연한 것이 되었다. 누군가 정상에 오른 비결을 묻자, 그녀는 새벽 다섯 시 반 택시 문을 여는 순간이라고 대답했다. 50년 동안 하루도 거르지 않고 공연을 위해서 세계 각지를 다니면서도 늘 새벽 다섯 시 반에 연습실로 향했기 때문이었다.

그녀에게 새벽 다섯 시 반은 연습을 게을리 할 온갖 변명으로부터 탈출하는 마법의 순간이었다. 그리고 매일 반복해 온 노력은 택시에 올라 연습실로 향하던 그녀를 최고의 자리로 이끌어 주었다.

사실 젊은 시절 나는 정말로 잠이 많았습니다. 학창시절 별명이 잠벌레와 잠보였을 정도였지요. 자명종 몇 개를 머리맡에 늘 어놓고 잠을 자도 다음날이 되면 꼭 시간이 촉박해서야 일어났습니다. 그리고 이런 습관은 어릴 때는 물론이고 미국 유학시절까지 이어졌습니다.

86년도에 박사과정 1년차 조교로 처음 시험 감독을 맡았을 때였습니다. 중간고사였는데 아침 8시까지 시험장에 입장해 문제지를 나누어 주고, 시험이 진행되는 동안 감독하는 일이었지요. 그런데 그런 중요한 날에도 그만 늦잠을 자버린 것입니다. 시험감독이 시험시간에 지각을 했으니 그 시험이 제대로 진행되었을 리 없지요. 미국인 지도교수는 앞으로 나를 신뢰할 수 없다면서 노발대발 했습니다. 그리고 기말고사 때는 다른 조교에게 시험감독권을 넘기겠다고 하더군요. 나는 한 번만 더 기회를 달라고 통사정을 하며 겨우 위기를 넘길 수 있었습니다.

그 후 시간이 흐르고 기말고사가 다가왔습니다. 그 사이에도 나는 변함없이 잠보였습니다. 중간고사 때 지각해서 신뢰가 떨어진 마당에 기말고사에도 똑같은 실수를 한 것입니다. 눈을 떠서 시계를 보니 시험시간 10분 전이었고, 황급히 창밖을 바라보니 밤새 내린 폭설로 차에 눈이 수북이 쌓여 있었습니다. 나는 머릿속이 백지장처럼 하얗게 변하면서 가슴이 덜컹 내려앉았지요. 얼굴을 붉히며 화를 내던 지도교수의 얼굴이 눈앞을 스쳐 지나갔습니다. 그 순간 나는 그야말로 이불을 박차고 달려 나가 차 위로 올라간 뒤 운전대 쪽 창에 쌓여있던 눈을 정신없이 쓸어냈습니다. 그리고 눈썹을 휘날리듯 운전을 해서 학교에 도착한 후 시험장까지 죽어라 달렸지요.

그날 이후 나는 정말로 마음 깊이 다짐했습니다. 잠 때문에 똑같은 실수를 반복하고 신뢰를 잃게 되는 일을 절대 반복하지 않겠다고 말입니다. 그때까지만 해도 아침잠 때문에 허둥지둥 나서는 일이 많았지만, 앞으로는 이렇게 살지 않겠다고 결심했지요. 그리고 내가 하고자 하는 공부를 하고, 꿈을 이루기 위해 아침형 인간이 되려고 노력했습니다.

10분 먼저

그 후로 많은 시간이 흘러 CEO가 되었을 때 나는 새벽 5시에 출근을 했습니다. 6시까지는 운동을 하고 간단한 아침 식사를 하고, 8시까지는 나만의 시간으로 활용을 했지요. 조금 과장하면 이 시간에 하루 업무의 대부분을 처리했습니다. 하루 할 일을 구상하고, 업무에 관한 이메일을 회신하고, 행사를 준비하며 지시할 업무를 준비했습니다.

새벽부터 일을 시작한 이유는 9시부터는 CEO의 시간이 아니기 때문입니다. 공식 일정이 가득 차 있어서 부서와 비서실에서 시키는 대로 움직이다보면 어느새 하루가 끝나버리고 마니까요.

CEO가 되고 몇 달이 지나 출근을 하던 길이었습니다. 회사 앞에 주요 일간지의 기자가 기다리고 있더군요. 나는 새벽부터 무슨 일인지 궁금해서 내 방으로 초대해 차를 한 잔 했습니다. 그런데 듣고 보니 정작 궁금해서 온 사람은 기자였습니다. CEO가 5시경에 출근한다는 이야기를 듣고 진짜인지 알고 싶어서 확인차 왔다는 것이었습니다. 그리고 이어서 CEO가 5시에 출근하면 임직원들은 대체 몇 시에 나오라는 뜻이냐고 물었습니다.

나는 내 출근시간과 무관하게 임직원이 출근하도록 했는데 이것은 그냥 배려가 아니라 나를 위한 이기적인 배려였습니다. 아침 일찍부터 보고를 하고 업무를 시작하면 내가 애써 아침부터 나와서 나만의 시간을 가지고자 하는 것이 의미가 없어지기 때문입니다. 아침 일찍 출근한 것은 하루를 준비하고 만들기 위한 나만의 방법이었고, 이를 위해 잠보였던 나는 많은 노력을 쏟았습니다. 그런데 아침 일찍부터 업무가 시작되면 모두가 고생일 뿐 아니라 나만의 준비 시간도 없어지는 것이었습니다. 무엇보다 그 시간은 내가 어떤 책임을 충분히 수행하고 또 새로운 생각을 모색하는 데 아주 중요한 시간이었습니다. 그러므로 임직원 출근시간을 나와 무관하게 한 것은 나를 위한 이기적인 배려가 나 자신의 목표와 맞아떨어졌기 때문이지요.

난 모든 약속의 경우, 누구와의 약속이든 불문하고 시간보다 언제나 10분 먼저 도착하려고 노력하며 살아왔습니다. 일찍 도착하는 것은 무엇보다 상대방에 대한 배려라고 생각합니다. 늦어서 허둥대며 기다리게 한 상대방에게 사과를 하는 경우를 상상해 보면 쉽게 이해할 수 있을 겁니다.

일찍 와서 기다리는 시간은 낭비가 아닙니다. 만남의 준비 자세를 가지고 무엇을 상의해야 할지 준비하는 여유로움을 가질 수 있습니다. 늦게 출발해서 차가 밀리면 마음이 조급해져서 정신건강에도 도움이 되지 않습니다. 보통 약속에 늦는 사람은 늘 늦습니다. 늘 차가 밀리고…. 하지만 늦지 않던 사람이 혹시 늦으면 정말 차가 밀렸거나 불가피한 이유가 있다고 이해하게 됩니다.

함께
빛나는

기다림이 주는 여유

시간 지키기는 좋은 평가를 받기 위한 처세의 방법이라기보다는 상대방에 대한 배려와 신뢰가 본질이고 그 결과로 인간관계에 도움이 되는 것입니다.

공항 나갈 때도 마찬가지입니다. 임박해서 출발하다가 늦어서 불편을 겪는 경우도 가끔 봅니다. 본인뿐만 아니라 동행하는 사람에게도 큰 불편을 주지요. 10번에 1번 늦어도 불편은 큽니다. 일찍 나가서 9번 손해 본 시간은 1번의 불편이 주는 손실보다 적다고 생각합니다. 일 계획이나 인생 계획을 조금 먼저 생각하면 일도 쉽고 인생도 편하고 행복한 것도 같은 맥락입니다.

먼저 나와 준비를 하는 것은 일상에서도 도움이 됩니다. 약속 시간보다 일찍 도착해서 무엇을 상의할지 생각도 정리하고 준비하는 것은 여유로움을 가져다줍니다. 다른 사람에게 잘 보이기 위해서 여러 말을 하는 것보다 먼저 와서 기다리고 준비하는 것이 때로는 더 도움이 됩니다. 약속에 항상 늦지 않는 사람으로 신뢰가 쌓이면 그 결과가 인간관계에 도움이 되니까요.

혹시 자신이 밥 먹듯이 지각을 하고, 이 때문에 직장 동료들에게 신뢰를 잃고 있지는 않는지 생각해 보세요. 또한 자신의 하루 업무를 파악하느라 허둥지둥 아침을 시작하고 있는 것은 아닌지 말입니다. 이런 이야기가 있습니다.

"일찍 와서 기다리는 사람은 자주 늦는 사람의 단점을 생각하고 기다린다."

자주 늦는 사람이 되어 단점을 보이기보다 일찍 일어나 남들보다 하루를 먼저 시작하여 나만의 준비시간을 가져 보는 것은 어떨까요. 매번 약속 시간에 늦어 상대방에게 진땀을 흘리며 변명을 하고, 핑계를 대느라 마음이 조급한 상태로 만남을 시작하는 사람이라면 하루를 일찍 시작하고 먼저 도착하는 것이 삶에 커다란 변화를 가져다줄 것입니다.

공통 목표의 시너지 효과

KTF CEO가 된 후 기자가 인터뷰하러 와서 젊은 나이에 대기업 CEO가 된 비결에 대해 물었던 적이 있습니다. 당시에는 특별히 뛰어난 점이 있어서가 아니라 운이 좋았다고 생각했던 터라 잘 모르겠다고 대답했습니다.

시간이 흐른 뒤, 한 가지 생각이 나더군요. 특히 임원이 된 후에 CEO의 성공이 내 성공이라는 생각을 가지고 조직 생활을 한 기억이 났습니다. 주인 없는 회사(?)의 CEO가 교체되면 일반적으로 전임 CEO와 호흡을 같이했던 임원이 소위 물먹는 경우가 많은데, CEO의 성공과 내 성공을 조율해 가며 일하고, 운도 따라서 계속 신임을 받다보니 젊은 나이에 CEO 기회가 오지 않았나 하는 생각이 들었지요.

직장 내에서 가능하면 동료와 공통의 목표를 찾는 노력을 하는 것이 좋습니다. 자칫하면 목표 차이로 갈등 관계가 생기죠. 최대한 공통 목표를 찾아 시너지를 만드는 습관을 들이면 여러 가지로 도움이 됩니다. 이런 생각은 친구관계나 모든 인간관계에도 적용이 될 수 있습니다. 긍정적인 부분을 찾아서 공통 목표를 찾으면 인생에도 도움이 되고 행복감도 느낄 수 있으니까요.

가정에서도 마찬가지입니다. 나와 가족의 목표를 조율하고 가족의 행복이 나의 행복이라고 생각하면 삶이 훨씬 편안해지지요.

오래전 KT 직원 시절, 부사장님이 나를 불러서 우리 회사가 발전하려면 좋은 인재들이 와야 하는데 무슨 방법이 없겠냐고 물었던 적이 있습니다. 그때는 한국통신이 여느 공기업과 다르지 않아서 급여나 조직문화도 공무원과 다를 바가 없었지요. 그래서 실력 있는 사람들이 제 발로 찾아올 만큼 좋은 조건을 가진 회사가 아니었습니다. 나는 내부에 있으면서 비전을 보고 선택을 했지만, 외부에 있는 인재들은 회사가 말하는 것들을 믿고 자신의 미래를 투자하기는 어려웠을 테니까요.

하지만 방법이 없지는 않았습니다. 비전을 현실적으로 제시한다면 마음을 움직일 수 있을 거라고 생각했습니다. 쉽게 말하자면 저 회사에 가면 봉급은 적게 받아도 내가 발전할 수 있겠구나, 하는 믿음이 생길 수 있다면 승산이 있다고 생각했지요.

그 시절 나름 우수하다는 인재들이 선택하는 길은 두 가지였습니다. 하나는 대기업에 취업하는 것이고 다른 하나는 해외 유학을 떠나는 것이었습니다. 전자가 급여와 같은 경제적 조건을 우선시하는 선택이라면, 후자는 미래 가치를 위한 선택이었습니다. 당시 한국통신은 다른 공기업과의 형평성을 맞추어야 했기 때문에 전자를 충족시켜 줄 수는 없었습니다. 하지만 후자는 한 번 시도해 볼 만한 것이었지요. 그래서 회사 내에 공식적으로 유학제도를 도입하면 그것 자체로 좋은 인재를 끌어들일 수 있을 거라고 보고서를 올렸습니다.

사실 이 보고서에는 나의 이해관계도 반영되어 있었습니다. 경영학과를 졸업했지만 막상 정부와 회사에서 일해 보니 아는 것이 너무 없었습니다. 학교 다닐 때 공부에 집중하지 못한 게

함께
빛나는

후회가 되었지요. 특히 통신 분야는 세계적으로 빠르게 성장하는 시장이었기 때문에 더더욱 공부가 절실했습니다. 그래서 나도 유학을 가서 전문적인 공부를 하고 싶다는 생각이 있었지만, 유학을 갈 만큼 집안이 넉넉하지 않았고, 또 부모님에게 신세지고 싶은 마음도 없었습니다.

나는 회사에 우수한 인재를 유치하기 위해 유학제도가 필요하다고 말하면서, 나 또한 그 혜택을 받고 회사를 위해 나름의 역할을 하고 싶다고 보고서에 적었습니다. 그리고 얼마 후 다행히 보고서가 채택되면서 많은 사람들의 도움으로 마음속에 품었던 꿈을 이루게 되었습니다.

이 내부 직원 유학제도는 오래 지속되었고, 이 제도를 통해 양성된 인재들은 KT뿐만 아니라 각 분야에서 활발하게 활동하고 있습니다. 이는 KT같은 대기업이 할 수 있는 인재육성 차원의 사회공헌이라고 생각합니다.

목표 조율

내가 중요하게 생각한 것은 목표 조율이었습니다. 자세하게 말하자면, 조직의 목표와 개인의 목표를 조율하는 것입니다. 조율이라는 말은 어느 한 쪽의 일방적인 것이 아닙니다. 조직의 목표와 개인의 목표가 마주치는 부분을 찾아내고, 그 교집합 안에서 최대한 시너지를 발휘해 가는 것을 의미하는 것입니다. 흔히 말해 윈윈 게임이지요.

사실 사람들을 만나 이야기하다 보면 조직과 개인을 지나치게 적대적인 관계로 보는 경우가 있습니다. 조직은 언제나 개인을 착취하려고 하고, 개인은 그 조직에서 자기를 지키기 위해 요령을 부릴 줄 알아야 한다는 것입니다. 물론 이런 시각으로 볼수 있는 부분이 아직도 없지는 않습니다. 예를 들어 찰리 채플린의 걸작 영화 〈모던 타임즈〉를 보면 공장의 부품으로 전락한 노동자가 등장합니다. 그리고 영화에서는 고장 나고 낡은 부품을 새것으로 바꾸는 것처럼 노동자들이 소모된다는 사회 고발메시지를 보여 주고 있지요.

그러나 현대 사회의 모든 조직이 〈모던 타임즈〉의 공장 같지는 않습니다. 왜냐하면 지금 우리가 사는 사회는 산업사회를 지나 정보사회의 중심에 서 있기 때문입니다. 회사 입장에서도 직원들을 부품처럼 대우해서는 오래 살아남을 수 없는 시대가 되고 말았지요.

옛날에는 개인이 확보할 수 있는 정보가 매우 제한적이었기에 회사가 조직적으로 확보하는 정보와는 비교할 수 없는 수준이었습니다. 그러나 지금은 그렇지 않습니다. 회사가 가진 정보와 개인이 가진 정보가 생각보다 크게 차이나지 않습니다. 오히려 어떤 부분에서는 회사보다 개인이 더 다양하고 고급스러운 정보를 가지고 있는 경우도 있습니다. 따라서 회사도 성공을 위해서는 개인들의 창의성과 역량을 존중하지 않으면 안 되는 시대가 온 것입니다.

반대로 생각하면, 개인도 이런 흐름을 읽어내고 회사를 상대로 얼마든지 건설적인 제안을 할 수 있습니다. 내가 30년 전에 제안했던 유학제도보다 훨씬 더 넓은 분야에서 다양한 형태로 목표 조율을 할 수 있을 것입니다. 어쩌면 지금도 회사는 창의적이고 기발한 제안을 기다리고 있을지도 모릅니다.

"역사상 그토록 많은 장소에서, 그토록 많은 사람들이, 손끝에 그토록 많은 힘을 가졌던 적은 없었다. 거의 모든 사람들이 중개인을 거칠 필요 없이 실시간 콘텐츠를 소유하고, 개발하고, 확산시킬 수 있게 된 것은 확실히 이번이 처음이다. 사실 우리는 아직 제대로 시작도 안 했다."

구글 회장인 에릭 슈미트가 쓴 《새로운 디지털 시대》라는 책의 서문에는 이런 말이 있습니다. 우리는 한 개인에게 이렇게 많은 정보와 힘이 모였던 적이 없는, 바로 그런 시대를 살아가고 있는 것입니다. 그러니 우리에게 주어진 가능성과 힘을 믿고, 우리가 살아가는 세상과 우리가 속해 있는 조직에서 목표를 조율해 보는 것은 어떨까요?

면접, 요령은 없다

기업의 CEO를 지내면서 많은 사람들을 만나 면접을 했습니다. 회사에 필요한 역량을 갖춘 사람과, 기존의 회사 구성원들과 조화를 이루고 협력할 수 있는 사람을 신중하게 뽑아 적절한 자리에 배치하는 것이 나의 임무였지요. 대학으로 자리를 옮기고 나서는 면접을 준비하는 학생들을 도와주고 지켜보는 역할을 하게 되었습니다. 아무래도 기업에서 면접을 했던 경험을 바탕으로 이런저런 조언을 해줄 수 있었지요.

이 과정에서 내가 정말 놀란 사실이 하나 있습니다. 바로 면접과 관련한 시장이 어마어마하게 크다는 것이지요. 대학에서 교육을 받고 공부하는 것이 바로 취업을 준비하는 과정이라고 할 수 있는데, 면접을 위해 별도로 준비를 하는 것이 나로서는 자못 의아했습니다. 첫인상을 좋게 만들기 위해 성형수술을 하고, 자신감 있는 말투를 익히려고 화술 학원을 다니는 경우도 있었지요. 물론 목표하는 직장의 특성과 인재상을 공부하는 것이야 당연한 준비일 테지만, 잘 보이기 위한 여러 방법을 배우는 데 많은 시간을 할애하는 것은 안타깝게 느껴졌습니다.

단도직입적으로 말하면, 취업준비생들의 노력 중에 상당한 부분이 면접을 해본 내 입장에서는 전혀 중요하지 않거나 거의 영향을 미치지 않는 것들이었습니다. 그들이 면접 시장에서 준비하는 것은 대부분 면접의 요령을 익히는 것이니까요. 그것은 단기적인 포장에 불과한 것입니다. 학생들의 입장에서는 시간을 할애하여 애써 만들어내는 것이지만, 면접을 주관하는 입장에서는 이런 형식적인 내용들은 한눈에 파악할 수 있습니다. 관련된 질문들을 몇 개 던지다 보면 준비한 내용이 그 사람이 가진 내공인지 빠르게 익혀온 요령인지 금방 판명이 나기 마련입니다.

물론 간혹 이런 잔재주로 면접을 통과하는 경우도 있습니다. 하지만 결코 오래 지속되지는 않습니다. 직장 생활은 하루 이틀 하고 마는 이벤트가 아니니까요. 운 좋게 면접관의 눈을 속였다고 하더라도 시간이 조금만 흐르면 회사에서는 그 사람에 대한 객관적인 평가가 이루어집니다. 그리고 그때 이루어지는 평가는 면접보다 훨씬 무서운 것입니다.

결과가 부정적일 경우에는 양쪽이 다 시간을 낭비하고 손해를 보는 상황이 생깁니다. 입사자는 적성에 맞지 않는 일자리를 택한 것이고, 회사는 조직에 어울리지 않는 사람에게 돈과 시간을 투자한 셈이니까요.

사실 면접관이 중요하게 보는 것은 입사 희망자의 인성입니다. 그 사람의 바탕, 즉 본질을 알고 싶어 하지요. 내가 면접했던 경우에도 그랬습니다. 두 가지를 중점에 두고 판단을 하려고 했습니다. 매사에 긍정적인 마음가짐을 가지고 타인을 배려할 줄 아는 사람인가 하는 것 말입니다. 그런 사람이 회사에 들어와야 기존 구성원들과 조화를 이루고 협동할 수 있고, 그 직원의 인생도 행복해질 수 있기 때문입니다. 그런데 사람의 본질은 단기적인 연습이나 형식적인 훈련으로 변하는 것이 아닙니다. 오랜 시간 몸에 배어있는 그 사람 자체니까요.

물론 이 모든 것을 취직을 위해 하라는 말은 아닙니다. 취직 이전에 삶의 모든 면에서 꼭 필요한 부분들이죠. 인간은 사회적인 동물이고, 관계 속에서 살아갑니다. 가족과의 관계, 친구와의 관계, 배우자와의 관계, 그리고 일자리에서의 관계가 우리를 둘러싸고 있습니다.

회사가 바라는 인재상은 가족이나 애인, 그리고 친구들이 바라는 인재상과 크게 다르지 않습니다. 모두가 사람과 사람 사이의 관계를 잘 유지하고, 타인의 입장에서 배려하고 원활하게 소통하는 사람을 원합니다. 그런 사람이 원만한 인간관계를 만들 수 있고 또 회사에서도 높은 성과를 올릴 수 있기 때문입니다.

맞춤형 기업을 찾아라

좀 더 실질적인 이야기를 하자면, 내가 취업을 했던 1980년대만 해도 거의 모든 기업들이 서류전형 내지 필기시험으로 직원을 뽑았습니다. 하지만 요즘 취업 과정을 보면 서류전형이나 필기시험보다 면접시험의 비중이 훨씬 더 높습니다. 그 이유가 무엇일까요? 바로 차별화된 인재 확보가 기업의 운명을 좌우할 정도로 중요해졌기 때문입니다.

시대가 변화하면서 기업에서는 '표준화되고 평준화된 인력'이 아닌 '창의적이고 차별화된 최고의 능력을 가진 인재'를 원하게 되었습니다. 이에 따라 채용 방법도 근본적으로 달라지고 있는 것이지요. 과거에는 주로 학교와 전공, 학업 성적에 주안점을 두었으며, 한 분야만 뛰어나게 잘하는 사람을 원하지 않았습니다.

주어진 일을 잘 이행하는 표준화된 인재가 필요했기 때문입니다. 그러나 지금은 기업마다 자신들에게 맞는 맞춤 인재를 원하고 있습니다. 창의력을 가진 차별화된 인재를 필요로 하는 것이지요. 그래서 그런 인재들을 찾는 방법들도 다양해지고 있습니다.

기업이 운영하는 홈페이지를 참고하면 그 기업이 원하는 인재상을 어느 정도 알 수 있습니다. 그러므로 취업을 준비한다면 그에 맞추어 취업 전략을 짜는 게 좋습니다. 여기서 명심해야 할 것은 기업의 특성을 파악한 다음 거기에 맞추려는 노력보다 자신의 강점을 파악해서 그것을 잘 발휘할 수 있는 기업을 선택하는 것입니다.

과거처럼 누구에게나 좋은 기업을 찾을 것이 아니라, 나에게 맞는 맞춤형 기업을 찾는 것이 좋다는 말입니다. 그러면 취업 이후에도 직장 생활에서 성공을 거두는 큰 원동력이 되어 줄 것입니다.

요령보다 본질

취업은 물론이고 우리 인생에는 어려운 상황이 많고 예기치 않은 일도 생기기 일쑤입니다. 게다가 주변 상황도 너무 빠르게 변해서 인생이 마치 끝없는 모래사막을 걷는 것과 비슷하다고 느껴질 때가 많지요.

스티브 도나휴의 ≪사막을 건너는 여섯 가지 방법≫이라는 책에서는 이런 말이 나옵니다.

"사막을 건널 때 지도보다는 나침반을 따라가라."

시시각각 사막의 모래언덕이 무너지고 옮겨지듯 쉴 새 없이 변하는 환경 속에서도 인생의 방향성을 따라가다 보면 사막을 건널 수 있다는 것입니다. 나침반은 인생에서 본질과 같습니다. 어디에 있든지 변하지 않고, 본연의 방향을 가리키는 것이지요. 인생에서 끝없는 사막처럼 느껴지는 힘든 상황에서도 길을 찾을 수 있는 힘이 되어 주는 것입니다.

그래서 면접의 기술이란 자신의 본질을 만드는 데 집중하는 것이고, 사실 이는 인생의 기술이기도 합니다. 배려하고 긍정하는 기본적인 덕목을 바탕으로 인성을 갖추는 노력을 해야 하는 이유이지요. 연애든 취직이든 상대방에게 좋은 인상과 이미지를 심어 주길 원한다면 평소에 바탕이 되는 인성을 갖추기 위해 노력하세요.

긍정적인 마인드와 배려하는 태도를 몸에 익히면 그것 자체로 행복한 인생을 만들어 가는 자산이 됩니다. 그리고 그런 본질이 자신의 바탕이 된다면 결과적으로 일자리를 찾는 데도 도움이 될 것입니다. 이 순서를 꼭 기억했으면 합니다. 취직을 위해 요령을 습득하려 하지 말고, 자신의 인생을 위한 본질을 갈고 닦기를 바랍니다. 본질이 바로 선다면 나머지는 저절로 따라오는 선물이 될 것입니다.

달콤한 상생의 열매

함께 하면 배가 되는 일이 개인에만 국한되는 것은 아닙니다. 조직과 사회에도 해당되는 이야기지요.

"나에게는 사과가 한 개 있고 너에게도 사과가 하나 있다. 우리가 서로 사과를 맞바꾼다고 해도 여전히 일인당 한 개뿐이다. 그러나 나에게 아이디어가 하나 있고, 너에게도 아이디어가 하나 있다. 만약 이것을 맞바꾼다면 일인당 아이디어를 두 개씩 가질 수 있다."

노벨문학상을 수상한 영국의 소설가 조지 버나드 쇼가 남긴 말입니다. 서로 사과를 교환하면 한 개 그대로 있지만, 아이디어를 교환하면 배가 된다는 것입니다.

실제로 내가 KTF에 있던 시절 기억나는 일이 있습니다. 그

때 통신업계는 고객에게 앞선 IT 서비스 인프라를 제공하기 위한 경쟁이 한창이었습니다. 이동통신 3사(KT, LGT, SKT) 간에 각자 통신 인프라 시설을 확장하려는 계획을 세우고 있었던 때였지요. 경쟁이 치열했지만 특히 지하철 통신 인프라 투자는 결국 3사가 서로 협조를 해서 지역을 나누어 시설을 하고, 공유하는 방향으로 결정이 되었습니다. 비록 그 과정이 쉽지는 않았지만 이런 협업의 정신이 우리나라가 IT 강국으로 발전하는데 큰 역할을 했다고 생각합니다.

우리나라 지하철에서 휴대전화가 가능하게 된 일도 마찬가지입니다. 외국인들이 한국의 지하철을 타보면 모두가 스마트폰을 하면서 IT 혜택을 누리는 모습을 보고 감탄을 한다고 합니다. 우리나라 지하철에서 휴대전화 사용이 가능했던 시기가 1998년도 즈음인데 비해 뉴욕의 지하철은 이보다 15년이 지나서인 2013년 즈음에서야 휴대전화 사용이 가능했기 때문입니다.

이처럼 함께 가는 정신은 개인뿐 아니라 조직이나 사회에서도 필요합니다. 단기적 시각에서 보면 혼자 앞서 나가는 게 잘하는 것 같지만, 길게 보면 협동해서 함께 가는 것이 지속적으로 모두가 발전할 수 있는 길입니다.

4

사람, 여행이 주는 선물

함께 가자

발트 해에서 승객 9백 명을 싣고 가던 유람선이 침몰한 사고가 있었다. 안타깝게도 탑승객 대부분 세상을 떠났는데, 어느 젊은 남녀는 영하의 바다에서 표류하다가 극적으로 구조됐다. 사람들이 그들에게 물었다. 무엇을 생각하며 그 혹독한 추위와 바람을 이겨냈느냐고. 두 사람은 대답했다. 갑판에서 봤을 때부터 서로에게 호감이 있었고, 배가 침몰되려고 하자 청년이 뛰어와 구명보트를 던져 주면서 이렇게 말했다고 한다.

"우리가 살아나면 스톡홀름에서 꼭 같이 저녁 식사합시다."

이 말은 서로에게 강력한 생의 의지로 작용했고, 결국 두 사람은 그 힘으로 살 수 있었다.

요즘 우리 국민은 제각기 살아나갈 방법으로 '각자도생'이라는 개인주의적 생존전략을 모색하는 것 같습니다. 그래서 이런 현상을 보여 주는 말들도 생겨났지요. 예를 들어, 자신을 위한 소비를 하고 혼자만의 생활을 즐기는 '1인'과 경제를 의미하는 '이코노미(economy)'의 합성어로 만들어진 '1코노미'라는 말이 있습니다. 또 자발적 고립을 통해서 무엇이든 혼자하며 살아가겠다는 사람들을 가리켜 얼로너aloner라고 합니다.

하지만 많은 심리학 연구들을 보면 탁월한 성취를 이룬 사람이나 역경을 이겨 낸 사람들, 그리고 자기 삶에 만족한 사람들은 거의 예외 없이 곁에 함께하는 사람이 있었다는 것을 알 수 있습니다. 나의 죽음 앞에서 진정으로 눈물을 흘려 줄 사람들이 인생에서 가장 중요한 것이지요.

세상을 사는 일은 그저 사람과 사람의 만남과 헤어짐이고, 그 외에는 아무것도 아닐지 모릅니다. 사는 동안 소중한 인연을 맺으며 나를 찾아가는 여정이 곧 삶이라 할 수 있습니다. 이 사실을 진정으로 깨닫는 순간이 오면, 시야가 넓어지고 모든 걸 배움으로 받아들일 수 있습니다.

우리는 때로 바람에 고개 숙일 때도 있고, 갑자기 치는 천둥번개에 놀라 다 놓아버리고 싶을 때도 있습니다. 또한 고된 여정에 다리가 아파 쉬고 싶을 때도 있고, 더 이상 버티기조차 힘들 때도 있지요. 그럴 때 우리는 조금만 더 힘을 내라고, 곧 고지가 보일 거라고 응원해 주는 사람에게서 큰 힘을 얻습니다. 그리고 누군가에게 위로 받고, 누군가와 슬픔을 나누는 사람은 행복을 느낍니다. 이것이 바로 인생에 동행이 필요한 이유입니다.

함께
빛나는

윈스턴 처칠은 우리가 얻는 것으로 삶을 꾸려 나간다고 했습니다. 그리고 우리가 나누는 것으로 인생을 가꾸어 나간다고 했지요. 나는 느리게 가더라도 포기하지 않는 힘과 오래 걸리더라도 꾸준히 가는 힘은 함께 걸어가는 사람으로부터 얻는다고 생각합니다. 여기서 주목해야 할 점은 좋은 관계가 저절로 만들어지지 않는다는 것입니다. 서로 노력하고 애쓰면서 좋은 관계를 맺으려고 해야 서로가 원하는 바를 이룰 수 있는 것이지요.

사랑을 못하는 것은 적당한 상대를 찾지 못해서가 아니라, 사랑할 수 있는 능력이 부족해서입니다. 좋은 사람을 만나 서로에 대해 알아가고 서로 아껴주며 좋은 에너지를 얻고, 또 자신이 그런 사람이 되기 위해 노력해야 합니다. 이것이 좋은 인간관계를 만드는 가장 기본적인 원칙이지요.

처음 만남은 하늘이 만들어 주는 인연이지만, 그 다음부터는 자신이 만들어 가는 인연입니다. 만남과 관계가 잘 조화된 사람의 인생은 아름답지요. 만남에 대한 책임은 하늘에 있지만, 관계에 대한 책임은 바로 자신에게 있다는 사실을 기억하길 바랍니다.

여행의 즐거움이 배가 되는 친구

미국인 7천 명을 대상으로 한 9년간의 조사에서 아주 흥미로운 결과가 나왔습니다. 흡연량과 음주량부터 일하는 스타일과 사회적 지위, 그리고 경제 상황, 인간관계에 이르기까지 정말 세세하고 철저한 조사를 통해 의외의 진실을 찾아낸 것입니다.

우선, 예상과 달리 담배나 술은 수명과 무관하지는 않지만 그다지 큰 영향력을 미치지 않는 것으로 나타났습니다. 그리고 일하는 스타일이나 사회적 지위, 경제 상황도 결정적인 요인은 아니었습니다. 장수하는 사람들의 공통점은 놀랍게도 친구의 수였습니다.

친구의 수가 적은 사람들은 병에 걸리거나 일찍 죽는 경우가 많았습니다. 이는 인생의 희로애락을 함께 나눌 수 있는 친구가 많고, 친구들과 보내는 시간이 많을수록 건강한 삶을 유지한다는 사실을 보여 주는 것입니다.

좋은 친구 관계를 원한다면 기대하지 말고 받아들이는 자세가 필요합니다. 친구에게 무언가를 기대하기 시작하면 오히려 그 순간부터 좋은 관계와는 거리가 멀어지기 때문입니다. 그러므로 친구라는 존재 자체를 그대로 받아들이는 태도가 중요합니다. 또한 가까운 친구 사이에도 적당한 거리가 있어야 합니다.

나무들이 잘 자라기 위해서 적당한 간격이 중요한 것과 같은 이유입니다.

소수의 친구를 아주 가깝게 사귀며 지낼지, 아니면 여러 친구들을 두루 사귈지는 사람마다 스타일이 다를 수 있습니다. 그러나 젊은 시절에는 가급적 다양한 사람들과 친구가 되어 지내는 게 좋다고 생각합니다. 나이가 들어가면서 자연스럽게 마음이 맞는 친구들로 좁혀지게 되고, 사람들을 만나는 범위도 조정하게 되기 때문입니다.

보통 친구들은 여러 개의 동심원으로 나누어집니다. 자신과 매우 친밀하고 편한 거리의 작은 동심원부터 업무상으로 만나게 되는 먼 거리의 동심원까지 말입니다. 말할 것도 없이 자신과 가까운 동심원이 가장 중요하며, 마음을 터놓고 상의할 수 있는 편한 친구는 인생에 반드시 필요합니다.

어려운 일이 생기거나 고민이 깊을 때 나는 친구로부터 이루 말할 수 없을 정도로 위로를 받았습니다. 또 어려움을 극복하고 앞으로 나아갈 수 있는 용기를 얻었지요. 꼭 절친한 친구가 아니라도 다양한 생각을 가진 사람들과 만나 서로의 경험을 공유하고 배우는 것은 가치가 있습니다. 그래서 나는 배울 점이 많거나 인간미가 느껴지는 선후배들을 만나 함께 하는 데 시간을 아

끼지 않습니다. 인생을 사는 동안 좋은 분들을 만나 배우고 즐
기는 일은 내게 크나큰 기쁨이기 때문입니다.

모든 사람에게 친절하되 몇 사람하고만 친하게 지내라.
그 몇 사람도 믿기 전에 충분히 알아보라.
진정한 우정이란 성장이 더딘 나무와 같아서
친구라는 이름을 얻기 전에는
여러 가지 충격을 겪어 봐야 하기 때문이다.

조지 워싱턴

함께
빛나는

미래를 위한 보험

　사람들은 미래의 불행에 대비해 이런저런 보험에 가입합니다. 하지만 정작 어려울 때 나를 도와줄 수 있는 사람들에게는 '보험'을 들지 않는 것 같습니다. 괴롭고 힘든 시기를 잘 이겨내기 위해서는 마음을 의지할 수 있는 사람들과 가까이 해야 합니다. 내가 손을 뻗었을 때 닿을 수 있을 만큼 가까운 거리에 있어 줄 사람이 필요하다는 것이지요.

　환경심리학에서는 이런 거리를 두고 '안전거리' 또는 '개인공간'이라고 합니다. 안전거리 안에 내가 믿고 기댈 수 있는 사람이 많으면 인생이 몇 배 행복해질 수 있습니다. 하지만 안전거리 안에 믿을 사람이 없으면 더없이 외로운 것이 인생이지요.

　생명보험은 건강할 때 미리 들어야 하는 것처럼 가까운 사람들에게도 평소에 잘하는 것이 중요합니다. 오래 납입할수록 보험금 수령액이 많아지듯 지인들에게도 오랜 기간 규칙적으로 보험료를 내세요. 여기서 보험료는 돈을 쓰라는 말이 아닙니다. 그것은 따뜻한 마음을 담아 보내는 눈길일 수 있고, 친절하게 건네는 칭찬의 말이 될 수도 있습니다.

가까운 사람에게 내가 얼마나 잘하고 있는지 늘 돌아보고 생각해 보길 바랍니다. 또 기회가 생길 때마다 안전거리에 있는 사람들에게 보험료를 내려고 노력하길 바랍니다. 내 말을 있는 그대로 들어주고 어떤 이야기든 허심탄회하게 나눌 수 있는 사람. 그들에게 들어 놓는 사랑의 보험이야말로 인생에서 가장 크고 값진 혜택으로 돌아올 것입니다.

여행이 더 설레는 이유, 연인

학교에서 학생들의 고민을 듣다 보면 그들의 최대 고민이 무엇인지 어렵지 않게 알 수 있습니다. 바로 취업과 연애입니다. 특히 연애는 나만의 문제가 아니라 이성과의 문제이기 때문에 풀기 어려운 방정식처럼 느끼는 것 같습니다.

그러나 요즘 시대의 젊은이들만 사랑이 어려운 것은 아닌가 봅니다. 기원전 그리스 시대에 오비디우스가 《사랑의 기술》이라는 책을 썼고, 이후 1956년에 에리히 프롬이 같은 이름의 책을 출판했습니다. 이미 널리 알려진 《사랑의 기술》은 지금까지도 사랑받고 있고, 그 이후에도 사랑이나 연애에 관한 책이 무수하게 나왔지요. 최근에는 대학에서도 전문가를 초청해 연애에 관한 특강을 할 정도입니다.

물론 연애가 꼭 결혼을 목표로 하는 것은 아니며, 모든 젊은 이가 가정을 꾸려야 하는 것도 아닙니다. 하지만 서로 마음을 나누며 시간을 함께 하고 기댈 수 있는 동반자가 생기면, 인생을 살아나가는 데 큰 힘이 되는 것은 사실입니다. 삶이란 외적으로 보이는 모습보다 한 사람과 깊고 따뜻한 관계를 이루면서 살아가는 것이 중요하거든요.

자신에게 맞는 짝을 고르는 기준은 저마다 다를 수 있습니다. 만남마다 장단점이 있으니까요. 전혀 다른 스타일이 만나 조화롭게 사는 것도 좋지만, 나는 기본적인 가치관을 공유할 수 있는 짝을 만나야 오래도록 행복한 결혼생활을 유지할 수 있다고 생각합니다. 왜냐하면 나이가 들수록 아내가 내 인생 여행을 함께하며 즐거움을 나누는 동반자라는 생각이 들기 때문입니다. 그래서 나는 아내를 휴대전화에 동반자라는 이름으로 저장해 두었습니다. 이런 의미에서 친구처럼 느껴지는 사람이 인생의 동반자로 더 좋을 수 있지요.

50이 아니라 100

인생을 나눌 짝을 만나기 위해서는 무엇을 해야 할까요. 나는 우선 만나고 있는 사람에게 50이 아니라 100을 주어야 한다고 생각합니다. 만나는 동안 50만 주는 것은 어떤 면에서는 합리적인 듯 보입니다. 반은 자신이 가지고 있고 반은 상대에게 준다면 서로가 동등한 위치에서 공평하게 나누는 셈이니까요. 그러나 여기서 50은 어디까지나 계산에서 나온 결과입니다. 이런 방식은 업무에서 거래를 하거나 계약을 맺을 때 사용하는 것입니다. 업무에서는 당사자가 평등한 입장에서 공평한 책임을 지고 결과를 나누는 것이 현명하니까요.

그러나 인생을 함께할 깊은 관계는 이와 같은 합리성을 넘어서야 합니다. 짝이라는 것은 단순한 동업자가 아니라 시간을 함께하고 운명을 같이할 사람이기 때문입니다. 동반자는 인생이라는 여행을 나와 함께하는 사람입니다. 서로에게 자유롭게 베풀 수 있어야지 관계를 계산하기 시작하면 모든 것이 문제가 될 수 있습니다.

50이 아닌 100을 줘야 하는 이유는 또 있습니다. 50만 보고서는 한 사람의 진면목을 파악할 수가 없습니다. 평생을 함께할 짝이라면 부분만 보고 선택할 수 없지요. 100은 나의 모든 것을 주는 것이면서, 동시에 내 모습을 전부 보여 주는 것입니다. 그래서 100을 주는 것이 관계에서는 절대 손해가 아닙니다.

함께
빛나는

100을 줬기 때문에 상대방과 하나가 될 수 있고, 또 하나가 되면 둘의 합인 200을 넘어 300이 되고 400을 이뤄갈 수 있지요. 그리고 이는 짝을 찾아 가정을 이룬 후 본격적인 인생 여행을 할 때 더욱 효과를 발휘합니다.

모든 사람관계가 그렇지만 특히 짝과의 인생 여행에서 중요한 것은 자신이 더 많이 베푸는 마음입니다. 그리고 이때 역지사지의 자세가 필요하지요. 상대가 자신과 전혀 다른 삶을 살아온 사람임을 이해해야 하기 때문입니다.

결혼식에서 두 사람은 서로에게 기쁠 때나 슬플 때나 함께 한다는 약속을 합니다. 이는 두 사람이 서로에게 열정이 있는 동안에만 지속되는 관계가 아님을 다짐하는 것입니다. 나는 결혼이 존중해야 할 문화적 약속이라 생각하며, 배우자뿐 아니라 결혼과도 결혼하는 것이라고 생각합니다.

사랑은 이해가 아니라 인정

사자와 소가 결혼을 했는데 사자는 소를 너무 사랑해서 항상 싱싱한 고기를 잡아다 주었다. 반면 소는 사자를 너무 사랑해서 항상 싱싱한 풀을 뜯어다 주었다. 시간이 흐르면서 사자는 소가 자신을 사랑한다면서 왜 풀을 가져다주는지 의문을 품기 시작했고, 소도 마찬가지로 사자가 가져다주는 고기를 먹지 못한 채 왜 사자가 자신을 사랑하지 않는지 고민하게 되었다. 둘은 결국 헤어지고 말았다.

여기서 소와 사자는 외향적인 사람과 내향적인 사람을 의미합니다. 성향이 다른 사람들은 서로를 이해하기 어렵습니다. 예를 들어, 외향적인 사람들은 내향적인 사람이 힘들어하면 힘을 북돋워 주려고 파티에 데려갑니다. 내향적인 사람들은 외향적인 사람들이 우울해하면 조용히 집에서 쉴 수 있도록 배려해 주지요. 이렇게 시간이 흐르다 보면 둘은 상대가 자신을 사랑하지 않는다고 생각하게 됩니다.

결국 우리가 사랑할 때 할 수 있는 일은 나의 기준에 따라 마음을 쓰는 것이 아니라, 상대방을 제대로 이해하는 것입니다.

함께
빛나는

때로 우리는 자신의 문제만으로도 벅차서 상대방이 자신과 다른 존재라는 사실을 알려고 하지 않습니다. 그리고 시간이 흐르면서 불화가 생기고 이별을 맞이하지요. 그 전에 우리는 사랑하는 상대가 나와 무엇이 다른지 알고 이해하는 노력을 해야 합니다. 예를 들어, 상대방이 어떤 성향인지, 어떤 생각을 가졌는지, 또 어떤 경우에 상처를 받고 힘을 얻는지, 어떤 정보로 세상을 배워 나가는지 말입니다.

상대에 대해 관심을 가지고 다양한 질문을 나누고 이야기를 듣는 것이 첫걸음입니다. 이런 시간을 함께 하면서 상대에 대해 많이 알아간다면 서로를 수용할 수 있게 되고, 더 나아가 진정으로 풍성하고 윤택한 관계를 만들 수 있을 것입니다.

자신의 짝을 찾는 연애 이야기는 젊은 친구들에게 주는 조언이기도 하지만, 한편으로는 나에 대한 반성이기도 합니다. 뒤늦게 철이 들고 나니 젊을 때 아내에게 다정하게 더 잘해 줄걸 하는 생각이 들었기 때문입니다. 나는 5형제 중 막내이고, 누나나 여동생 없이 자라서 그런지 여성에 대한 이해가 많이 부족했습니다. 이야기를 나눌 때는 먼저 경청하고 맞장구도 쳐주며 서로를 지지해 주는 게 중요하다는 것을 예전에는 몰랐습니다. 특히 아내와 딸 같은 여성에게는 공감대를 형성하는 게 중요한데 그

러지를 못했지요. 공감보다는 해답을 제시하려는 마음이 앞서
너무 서둘렀다는 생각이 듭니다.

　내 옆에 다가와 준 사람에게 아끼지 말고 내어 주고 계산 없
이 사랑하길 바랍니다. 함께 가는 동안 만나는 좋은 날도 나쁜
날도 다 삶의 조각입니다. 그 조각들이 맞춰지면서 온전한 자신
의 삶이 만들어지고, 그것은 그 무엇과도 바꿀 수 없는 소중한
축복이 될 것입니다.

함께
빛나는

여행길의 든든한 버팀목, 가족

2,500년 전 춘추전국시대 초나라에 섭공이라는 제후가 있었다. 섭공은 초나라 백성들이 날마다 국경을 넘어 다른 나라로 떠나 인구가 줄어들고 세수가 줄어드는 문제로 고민했다. 초조해진 섭공은 공자를 찾아가 물었다.

"선생님! 날마다 백성들이 도망을 가니 천리장성을 쌓아 막을까요?"

잠시 고민하던 공자는 대답으로 '근자열 원자래近者悅 遠者來'라는 여섯 글자를 남겼다. 이 말은 '가까이 있는 사람을 기쁘게 하면 멀리 있는 사람이 찾아온다'는 의미이다. 우리는 때로 가까운 사람은 제쳐 두고 남에게 잘하는 데만 신경을 쓴다. 그러나 자신의 부모와 배우자, 그리고 자녀와 상사, 동료, 친구 등 허물없는 이들에게 잘하는 것이 우선이다. 새 사람 찾는 것보다 중요한 것이 곁에 있는 사람을 놓치지 않는 것이다.

여행 중 음악을 들으면 마음이 짠해지면서 가슴이 시릴 때가 있습니다. 특히 김광석의 〈60대 노부부 이야기〉같은 노래를 들으면, 아내를 비롯한 나의 가족, 친구, 친척, 친지들이 눈앞을

함께
빛나는

스치면서 가슴이 벅차오릅니다. 과거를 회상하면 첫 딸 석영이 태어난 소식을 들었을 때의 그 환희가 어제 일처럼 생생하고, 아이를 키우면서 느꼈던 행복감이 다시금 밀려오는 기분이 듭니다. 걸음마를 하던 사진을 찍을 때와 자전거를 가르쳤을 때, 그리고 손잡고 공원을 걸었을 때와 같은 소중한 순간들이 눈앞에 떠오르지요. 공원에서 어린 아이의 손을 잡고 걸어가는 젊은 부부를 바라볼 때면 부러운 마음이 들기도 합니다. 가족에게 더 잘할걸 하고 아쉬운 마음이 들기 때문입니다.

사람들이 말하는 사회적인 성공도 중요하고, 열심히 살아서 명성을 얻는 것도 의미가 있습니다. 그러나 세월이 가면서 깨달은 사실은 가족과 함께 좋은 추억을 공유하는 것이 그런 것보다 훨씬 중요하다는 것입니다. 가족이야말로 구성원 모두가 성장할 수 있도록 최상의 기회와 의욕을 제공하고, 우리가 인생을 헤쳐 나가는 데 서로 큰 도움을 주는 존재이기 때문입니다. 그러므로 가정생활은 자신을 발견하는 과정일 뿐 아니라 사랑과 희생의 여행이라 할 수 있습니다.

건강과 가족을 돌보는 일은 급하지 않아 보이지만 무척 중요합니다. 많은 사람들이 급하고 중요한 일을 해결하기 위해 때로 가족들을 무시하거나 희생을 감수할 수 있다고 여깁니다. 당장 가족을 안 챙긴다고 해서 문제가 생기는 것은 아니니까요. 그러나 그렇게 소홀히 하는 동안 쌓인 작은 문제들이 시간이 흐르면서 돌이킬 수 없을 만큼 치명적인 문제가 되는 경우가 많습니다.

가족은 우리가 생각하는 것 이상의 실질적인 힘을 가지고 있습니다. 독일의 언론인 프랑크 쉬르마허가 쓴 책 ≪가족, 부활이냐 몰락이냐≫를 보면 19세기 미국의 어느 험한 계곡에 갇혀 굶주림과 추위에 고통 받던 70여 명의 서부 개척민 이야기가 나옵니다. 혹독한 시간이 지나고 개척민 중 40여 명이 죽고 오직 30명만이 살아남았지요. 여기서 살아남은 30명은 무언가 특별한 점이 있었던 걸까요?

일반적인 예상과 달리 이들은 육체적으로 건강한 젊은 독신 남자들이 아니었습니다. 오히려 노약자가 포함되어 있었지요. 다른 점이 있다면 이들에게는 함께하는 가족이 있었다는 것입니다. 가족 숫자가 많을수록 생존율도 높았지요. 육체적인 건강보다 가족에게 받은 정서적 유대감이 오히려 혹독한 환경을 견딜 수 있는 힘을 준 것입니다.

함께
빛나는

가족, 환상을 버려라

살다 보면 우리는 가족이라는 이름 아래 너무 많은 기대와 환상을 가질 때가 있습니다. 가족 간에 높은 기대를 하고 있다가 낮은 결과에 실망하는 것이지요. 이런 일들이 반복되면 어느 순간 가족에 대한 환상이 실망과 분노로 바뀔 수 있습니다. 그러므로 우리는 편하고 가까운 사이일수록 기대치를 낮추고 낮은 결과에도 만족하는 노력이 필요합니다.

또한 우리는 가족에게 굳이 의식적으로 다정하게 하려 하지 않는 경향이 있습니다. 나같이 보수적인 가정에서 자란 사람은 말이 적고 무뚝뚝한 남자가 좋은 가장이라는 착각을 하고 살아갑니다. 서로 너무나 잘 알고 있기 때문에 표현하지 않아도 마음은 다 알 거라고 잘못 생각하는 것입니다. 그러나 그냥 다정한 것과 직접 표현하는 것은 확실히 다릅니다. 가족들에게도 적극적으로 마음을 표현해야 서로 행복감을 느낄 수 있거든요.

모든 인간관계가 그렇지만 특히 가족과는 한 울타리에서 같이 생활하다 보면 불편한 점이나 불만이 생길 수 있습니다. 아니, 오랜 시간 함께 생활하는데 하나도 불만이 없다는 것이 더 이상하지요. 그러므로 중요하지 않은 부분은 서로에게 대범하도록 노력해야 합니다. 건강한 가족은 모든 관계에서 갈등이 있고, 의견 차이가 존재한다는 사실을 인정하는 자세가 필요하지요. 중요한 것은 갈등과 의견 차이에 대처하는 방법입니다.

사랑하는 사람들과 건강한 관계를 맺으려면, 자신의 잘못을 기꺼이 인정하는 게 중요합니다. 실수는 적극적으로 살고 있다는 사실을 확인하는 절차라 생각하세요. 만약 절대로 실수를 인정하지 않는 사람이라면, 그 사람에게는 배울 기회가 찾아오지 않을 것입니다. 내가 틀렸을지 모른다는 가능성을 받아들일 때 마음은 맑아지고 내면은 더 강해집니다.

가족을 떠올리다 보니 아버지가 생각납니다. 돌아가신 지 벌써 15년이나 되었지요. 아버지가 돌아가신 후 나는 아버지가 형수에게 물려주신 어머니 행장(인생 여정)을 읽게 되었습니다. 내용인즉 어머니가 시부모와 많은 시누이들이 모인 대가족에 시집을 와서 가족을 화목하게 이끌고, 봉제사 접빈객 도리는 물론이고 객지생활에도 불구하고 이웃과 화목하게 지냈다는 이야기였습니다. 그리고 자식들을 바르게 가르쳐 어려운 시절이 있었는데도 어머니 덕에 우리 가족이 발전할 수 있었다고 했습니다. 아버지는 자신이 먼저 떠나더라도 어머니를 잘 모시라고 당부하는 내용을 전한 것이었습니다. 세상을 떠나기 전까지 서로에 대해 감사하게 여기고 애틋하게 위하는 마음을 느끼고서 나는 숙

함께
빛나는

연한 기분이 들었습니다. 나 또한 이런 부부의 마음을 배워야겠
다는 생각이 들었지요.

고마운 일이 있다면 고맙다고, 기쁘고 좋은 일이 있으면 함께
여서 행복하다고 직접 마음을 표현하길 바랍니다. 일상 속에 작
은 순간들이 모여 서로 사랑받았다는 확신을 가질 때, 가족은
서로에게 진정 아름다운 환상이 될 것입니다.

혼자 이루는 성공은 없다

인류 최초의 제국 페르시아의 최전성기를 이끈 황제는 키루
스였습니다. 전해 내려오는 이야기를 보면 키루스는 어릴 때부
터 생각하는 것이 남달랐다고 합니다.

왕자시절 키루스가 외가를 방문했을 때 이야기입니다. 키루
스의 외할아버지도 한 나라를 다스리는 왕이었는데, 외손자가
찾아오자 무척이나 기뻐하며 키루스에게 큰 상을 내리기로 합
니다. 그런데 상을 받은 키루스는 외할아버지에게 청을 하나 올
립니다. 그것은 자기가 받은 상을 마음대로 사용해도 되냐는 것
이었습니다. 외할아버지가 좋다고 허락하자 키루스는 자기를 수
행해 먼 길을 동행한 신하들에게 성대한 식사를 대접하였습니

다. 사실 왕자를 모시고 이동하는 것은 신하들의 당연한 임무입니다. 그러나 왕자 키루스는 그것을 당연히 여기지 않고 고마운 마음을 표현한 것입니다.

이러한 태도는 페르시아를 통치하는 황제가 되었을 때도 그대로 이어졌습니다. 키루스는 제국을 운영하면서 관용 정책을 펼쳤지요. 키루스가 무너뜨린 신바빌로니아는 당시 유대 민족을 비롯해 여러 소수 민족들을 멸망시킨 뒤 강제로 이주시켜 노예로 부리고 있었습니다. 성경에 나오는 바빌론 유수 사건이 바로 그것이지요. 하지만 키루스는 황제가 되자마자 칙령을 발표합니다. 유대인들에게 고국으로 귀환하라는 명령을 내린 것입니다. 게다가 성을 다시 쌓는 것도 허락합니다. 즉, 여전히 페르시아 제국에 속해 있긴 하지만 자치를 허용한 것이지요.

그만큼 파격적이었던 이 정책으로 키루스는 피지배 민족인 유대인들의 전폭적인 지지를 받습니다. 엄청난 넓이의 제국을 다스렸지만, 그 당시 페르시아는 그 어떤 나라보다 안정적이고 강력했지요. 크게 생각해 보면 이는 지도자가 백성을 배려하고, 백성은 지도자를 신뢰하는 문화가 정착됐기 때문입니다.

키루스의 사례는 현대 사회, 특히 우리나라에 시사하는 바가 큽니다. 높은 위치에 오르거나 성공했다고 해서 그 과정에서 받

함께
빛나는

은 도움들을 잊어서는 안 되지요. 성공으로 오른 자리를 오랫동
안 튼튼하게 유지하기 위해서라도 늘 주변을 생각하고 배려해야
합니다. 그 어떤 자리라도 자기 힘만으로는 지킬 수 없기 때문입
니다. 자리를 둘러싼 사람들이 신뢰로 지지해 줄 때 비로소 그
자리를 지킬 수 있는 것입니다.

사회에 빚진 사람들

영국의 작가 찰스 램이 젊었을 때 겪은 일이다. 그에게는 사랑하는 여인이 있었다. 하루는 그가 청혼을 하기 위해 그녀 집으로 향했다. 그녀의 집에 도착해 문을 두드렸더니 집사가 나와 말하길, 아가씨가 만나고 싶지 않다고 했다는 것이다. 예기치 못한 일에 놀란 청년은 왜 자신을 만나 주지 않는지 편지로 물었다. 그녀는 이렇게 답장했다. "나는 오늘 당신을 기다리며 창문 밖을 내다보고 있었습니다. 마침내 당신이 우리 집을 향해 바삐 달려오는 모습이 보였지요. 그런데 당신은 얼마나 급했던지 마주 오던 걸인 여자를 떠밀고 미안하다는 말도 없이 오는 것이었습니다. 그 모습을 보고 나는 깊이 생각했습니다. 약한 사람에게 친절을 베풀 줄 모르는 사람과 어떻게 결혼하겠습니까?" 이후 찰스 램은 빈부와 지위에 상관없이 누구에게나 친절하려고 노력했다. 한 번의 실수로 사랑은 놓쳤지만 인생에서 가장 소중한 것을 배운 것이다.

이른바 금수저라고 불리는 계층이 분명 우리 사회에 존재합니다. 이들은 부모를 잘 만나 태어나면서부터 유리한 위치에서 출발하는 청년들을 말합니다. 그런 행운을 얻은 사람이라면 우선은 감사한 마음을 가져야 합니다. 좋은 조건을 얻게 된 것은 본인의 행운일 수 있지만, 본인이 잘나서 그런 것은 아니니까요. 주변의 배려와 도움, 그리고 양보가 있기에 가능한 것이지요. 따라서 스스로의 노력이든, 주어진 환경이든 더 많이 가진 위치라면 사회를 배려하는 것이 필요합니다. 그리고 이런 배려로 주위의 지지와 신뢰를 얻게 된다면, 지위를 오래도록 유지할 수 있을 것이며 건강하고 밝은 공동체를 이룰 수 있습니다.

평소 내가 존경하는 선배와 어느 날 초밥 집에서 만나 식사를 했던 적이 있습니다. 선배는 식사를 마치고 나서 1인분을 추가로 시켜 따로 포장을 주문했습니다. 그 모습을 본 나는 집에 있는 가족들에게 가져다줄 모양이라고 예상했지요. 그런데 나중에 알고 보니 평소 수고하는 아파트 경비원을 위해 챙긴 것이었습니다.

사실 좋은 일들은 곳곳에서 벌어지는 나쁜 일들만큼 널리 알려지지 않아서 그렇지, 주변을 조용히 배려하고 따뜻한 사회를 만들기 위해 역할을 다하는 사람들이 많습니다. 나는 이런 사람들을 만나고 알아갈 때마다 우리 사회에 깃든 희망을 느낍니다.

사회가 변화하고 발전하기 위해서는 모두가 바뀌어야 합니다.

경험이나 가진 것이 상대적으로 부족한 사람들도 성공한 사람들의 노력을 인정하고 존중해야 합니다. 하지만 사회적으로 그들이 할 수 있는 역할에는 한계가 있기 때문에, 많은 것을 가지고 상당한 지위를 누리고 있는 사람들이 먼저 바뀌어야 사회가 발전할 수 있습니다.

줄탁동기란 말이 있습니다. 병아리가 안에서 알을 쪼면 어미 닭도 이 소리를 듣고 밖에서 쪼아 주며 새 생명이 빛을 보게 하는 일을 말합니다. 닭과 병아리가 동시에 자기 몫을 다할 때 탄생의 기쁨을 누릴 수 있는 것이지요. 이처럼 사회가 변화하고 발전하기 위해서는 모두가 바뀌어야 합니다. 모두가 갈등을 깨고 각자의 자리에서 역할을 다한다면, 우리가 마주한 어려움은 더 이상 아무것도 아닐 것입니다. 역사는 성공한 자, 또는 강자의 이야기만 기록한다는 얘기를 하는 사람도 있지만 진정으로 성공한 역사는 성공한 자가 약자와 소외된 자를 함께, 행복하게 만드는 역사라고 생각합니다.

이기적 나눔

고대 로마는 신분 사회였습니다. 귀족과 평민, 그리고 노예로 구성되어 있었지요. 하지만 그 신분이 완전히 고정되어 있지는 않았습니다. 로마가 오랫동안 전개한 정복전쟁은 신분 상승의 핵심적인 기회였습니다. 평범한 로마 시민권자라도 전쟁에서 눈에 띄는 공을 세우면 귀족의 반열에 오를 수 있었습니다. 심지어 로마의 최전성기를 이끈 트라야누스 황제처럼 속주 출신이 황제의 자리까지 오른 경우도 여럿 있었지요.

그러나 로마인들이 늘 전쟁만 한 것은 아니었습니다. 로마를 공부할 때 놀라운 것은 바로 사회간접자본, 즉 인프라스트럭처입니다. 평화로울 때 그들은 길을 닦고 다리를 놓고 공공시설을 지었습니다. 심지어 전쟁 중에도 군인들이 길을 닦았지요. "모든 길은 로마로 통한다"는 말이 이렇게 탄생한 것입니다.

그들이 구비한 인프라는 그야말로 광범위합니다. 도로와 수도, 그리고 신전과 공회당, 광장과 극장, 경기장과 목욕탕 등 사회 전체가 원활하게 이동하고 소통하고 만날 수 있는 기반시설이 모두 구축되어 있지요.

소프트웨어 측면에서 봐도 그들은 치안과 조세, 그리고 교육과 통화 등 광범위한 제국을 하나의 시스템으로 묶어주는 제도적 인프라를 완성시켰습니다. 덕분에 로마는 숱한 위기에도 천년을 지속하는 제국으로 위상을 떨쳤지요.

≪로마인 이야기≫를 쓴 시오노 나나미는 로마인들을 주저 없이 '인프라의 아버지'라고 불렀습니다. 군대가 진격하고 주둔하는 곳은 어김없이 길이 생기고 수도가 놓였으며, 하나의 도시가 만들어졌기 때문입니다. 그리고 도시의 중심에는 신전과 극장, 목욕탕 같은 커뮤니티 시설들이 자리 잡아 도시의 구심점 역할을 했지요. 여기서 주목할 만한 것은 이러한 커뮤니티 시설들을 대부분 로마 상류층이 시민들을 위해 희사했다는 것입니다. 전쟁에서 이긴 지휘관들도 획득한 재물로 어김없이 공공시설을 지었습니다. 단지 의무적인 기부 차원이 아니라 자기 이름을 내걸고 경쟁하듯 더 크고 멋진 시설을 만들고 싶어했습니다.

노블리스 오블리제Noblesse Oblige라는 말의 기원을 고대 로마에서 찾는 이유가 바로 여기에 있습니다. 로마 귀족들은 자기가 가진 것을 움켜쥐고 있지 않았습니다. 평범한 시민들이 인간적인 삶을 누릴 수 있도록 공익을 위해 재산의 상당 부분을 내어놓았지요. 그런데 이런 행동은 로마인들이 지금 우리보다 특별히 교양이 있어서 한 것이 아닙니다. 사회를 위해 공익을 추구하는 것이 자신들을 위해서도 이익이 된다는 것을 알았기 때문이었습니다. 앞서 언급한 이기적인 배려라고 할 수 있죠.

노블리스 오블리제

　귀족이 자기 지위를 지키기 위해서는 그보다 훨씬 많은 평민이 존재해야 합니다. 다수의 평민이 없다면 귀족이란 지위도 불가능할 뿐 아니라 개념 자체가 성립되지 않으니까요. 평민들의 삶이 안정적일 때 귀족들의 사회적 지위도 안정적인 것입니다. 그리고 평민들이 귀족들을 인정하고 신뢰할 때 그들의 자리도 튼튼해지는 것이지요. 이 사실을 알았기 때문에 로마 귀족들은 평민들을 위해 인프라를 짓는 데 투자를 아끼지 않았습니다. 그리고 그 덕분에 로마에는 대를 잇는 명문가들이 즐비했지요.

　하지만 오늘날 우리나라의 상류층 중 일부는 고대 로마인만큼의 지혜를 가지고 있지 못한 것 같습니다. 그들은 자기가 지금 누리고 있는 것들이 오롯이 본인이 잘해서 얻은 것이라고 착각하고 있는지도 모릅니다. 게다가 자기만큼 가지지 못한 사람들을 쉽게 폄하하기도 합니다. 자기만큼 갖지 못한 것이 다 본인들 탓이라고 몰아세우는 것이지요. 특히 힘들어하는 요즘 젊은이들을 향해 노력은 하지 않고 편하게 살려고 한다며 비난하기도 합니다. 그런데 과연 이 말이 맞는 말인지 생각해 볼 일입니다.

　성공한 기업인을 예로 들어보겠습니다. 그 위치에 오른 것은 어느 정도 본인의 노력과 능력의 합작품이기도 하지만, 어떤 형

함께
빛나는

태이든 사회 제도의 주어진 틀 안에서 도움을 받은 결과라는 것은 분명합니다. 그러므로 본인의 위치는 누구로부터 도움을 받은 결과인 것입니다.

기업도 마찬가지입니다. 지금 우리나라에는 세계적인 기업들이 제법 있습니다. 그런데 이런 기업들이 자기 힘만으로 성장한 것은 아닙니다. 물론 기업 스스로 노력한 부분은 높이 평가 받아야 한다고 생각합니다. 그러나 시장 초기에 정부가 각종 규제와 제도를 통해서 해외 기업의 국내 진출을 막아 주지 않았다면, 오늘날의 기업들 중 과연 몇 개가 살아남았을지 의문입니다. 전자 제품을 만드는 기업이나 자동차를 만드는 기업도 다 마찬가지입니다. 주위의 도움이 없었다면 오늘날 정상의 자리를 차지하기는 어려웠을 것입니다.

어느 분야이든 성공의 위치에 오르기까지 자기 힘만으로 가능한 경우는 없다고 해도 과언이 아닙니다. 제도적인 뒷받침이 필요하거나 주변 환경으로부터 도움을 받는 등 어떤 형태로든지 사회에서 협조를 받게 되어 있습니다. 이런 부분을 다 부정하더라도 오로지 혼자만의 힘으로 발전하고 성장할 수 있는 인간과 조직은 없습니다. 그러므로 우리는 이런 사실을 기억하고 주위를 돌아볼 줄 알아야 합니다.

사회 지도층이 노블리스 오블리제를 실천해야 할 이유가 바로 여기에 있습니다. 또한 우리가 살아가면서 소수자와 약자를 배려해야 하는 것도 같은 이유입니다. 서로를 도우며 사회를 따뜻하게 만들어 나갈 때 우리는 함께 살기 좋은 사회를 이룰 수 있습니다.

성공을 인정하는 사회

요즘 우리 사회는 변화무쌍하게 바뀌고 있습니다. 변화하는 흐름을 큰 그림으로 본다면 정말 역동적으로 보일 것 같습니다. 체감하기로는 어제 엄청난 뉴스에 놀랐는데, 오늘은 또 다른 뉴스로 어제 뉴스를 날려 보내는 것처럼 느껴질 정도지요. 어느 CNN기자가 이런 말을 했습니다. 서울에서 근무하다가 홍콩으로 근무지를 옮겼더니 너무 따분할뿐더러 인센티브도 없다고 합니다. 본부 방송에 나오는 시간에 따라 평가를 받는 제도를 준수하는데 서울과 너무 차이가 난다고 했지요. 그 이야기를 듣고 보니 우리나라는 혼란스러울 때가 많지만, 한편으로는 이런 역동성 때문에 단기간에 엄청난 발전을 이룬 것 같습니다.

함께
빛나는

나도 직장을 선택하기 전, 사회에서 성공한 사람들 중 다수가 편법과 요령을 써서 높은 지위에 올라갔거나 재산을 모았을 거라는 생각이 있었습니다. 내가 젊었던 시절 이런 인식은 주변 사람들이 공통적으로 가지고 있었던 것이고, 나도 소위 말하는 금수저가 아니었기 때문에 정말인지 아닌지 사실을 확인해 볼 수도 없었지요. 그래서 막연히 사회에 대해 부정적인 생각을 가지고 있었던 것 같습니다. 아마 요즘 젊은이들이 느끼는 헬조선과 비슷한 생각이었을 겁니다. 하지만 사회생활을 시작하면서 오래 지나지 않아 그동안 학창시절에 주변에서 들어온 것과 현실이 많이 다르다는 것을 확인하게 되었습니다.

우리 사회에서 중요한 역할을 하는 사람들 중에는 비난을 받아 마땅한 사람들도 있습니다. 그러나 대다수는 자신과 사회를 위해 열심히 일하는 사람들이었고, 뜨거운 열정과 노력으로 자신만의 성과를 이루어 내고 있었습니다. 나는 예상과 달리 이런 사람들이 많다는 것을 직접 눈으로 확인하면서 사회를 바라보는 눈이 긍정적이고 희망적으로 바뀌게 되었습니다.

나는 노블리스 오블리제에 못지않게 우리가 중요하게 생각해야 할 부분이 있다고 생각합니다. 바로 스스로의 노력으로 성공하여 사회를 이끌어 나가는 사람에 대한 인정과 존경입니다. 사회를 이끄는 사람들에 대해 노블리스 오블리제를 기대하는 것처럼, 한편으로 그 사람들의 노력과 사회에 대한 역할도 존중해 주어야 합니다.

물론 성공한 사람들 중에 일부는 바르지 못한 경우도 있습니다. 하지만 내가 알고 지낸 많은 사람들 중에는 오랜 시간 쏟아부은 엄청난 노력으로 성공하는 경우가 많았습니다. 이런 사람들의 노력이 없었다면, 자원이 없는 우리나라가 외국에서 놀랄 정도로 단기간에 경제성장을 이루기 어려웠을 것입니다. 그래서 혹자는 지금이 단군이래 가장 풍요로운 시절이라고 합니다. 이는 다양한 분야를 이끌어가는 선구자들의 노력과 국민들의 잠재력이 합해져 이룬 성과입니다.

균형 잡힌 시각을 가진 사람은 매혹적인 걸음으로 인생 여행을 합니다. 균형을 가진 사고라면 스스로 노력하며 나아가는 사람들을 인정하고 올바른 성공을 긍정적으로 대하는 시각이 필요합니다. 자신이 꿈꾸는 것을 이루고 자신의 분야에서 사회를 이끄는 사람들이 많아지고, 이들의 역할을 인정하는 긍정적인 흐름에 동참하는 사람들이 많아질 때 우리 사회는 더 건전하고 행복해질 것입니다.

나는 당신이 자랑스럽습니다.
당신이 한 일들과 이루어야 할 꿈,
그리고 결실을 거둘 그 날을 생각하십시오.
당신은 당신이 생각하는 것보다 훨씬 소중한 사람입니다.

귀스타브 블로베르

5

변화, 여행이 주는 최고의 가치

포기, 선택의 다른 말

인디언의 어느 부족은 옥수수 밭에서 자녀들의 성인식을 한다. 방법은 아이들을 넓은 옥수수 밭에 데리고 가서 가장 좋은 옥수수를 한 개만 바구니에 담아오도록 하는 것이다. 그저 편하게 다녀오는 것이 아니라 두 가지 조건을 지켜야 한다. 첫 번째는 밭을 한 번 지나가면 다시 되돌아갈 수 없다는 것이고, 두 번째는 한 번 고른 옥수수보다 더 좋은 옥수수가 나타나도 바꿀 수가 없다는 것이다.

이 성인식에는 여러 의미가 담겨 있습니다. 지금으로부터 과거로 돌아갈 수 없으니 하루하루를 즐겁게 최선을 다해 살자는 교훈이 있습니다. 그리고 매일 순간의 선택이 중요하다는 지혜를 배울 수 있지요.

인생은 끝없는 선택의 과정입니다. 우리가 열심히 노력하며 살아가기를 선택했다면, 수월하고 편하게 지내는 것은 포기해야 합니다. 만약 번화한 도시에서 살고 싶다면, 조용한 시골생활은 포기해야 하는 것처럼 말입니다. 선택은 일종의 포기이기 때문에 하나를 택하면 하나는 내려놓아야 합니다. 인생은 좋아하는 것만 골라 먹을 수 있는 뷔페라기보다는 좋아하는 것을 고르면 좋아하지 않는 디저트도 따라 나오는 세트 메뉴에 가깝다고 할 수 있습니다.

지나고 보면 인생이 들숨과 날숨 사이 순간의 연속처럼 느껴지기도 합니다. 슬프거나 괴로울 땐 조금 길게 느껴지는 잠깐이고, 즐겁고 행복할 땐 아주 짧은 잠깐인 것이지요. 그러므로 잠깐은 견디고, 잠깐은 누리면 됩니다. 그 모든 잠깐은 우리 인생 여행의 작은 조각에 불과할 뿐이기 때문입니다.

우리는 언제나 옳은 선택만 할 수는 없습니다. 최선을 다하고 노력해도 틀릴 때가 있고, 포기해야 하는 것들로 인해 힘들어질 때도 있지요. 그러나 험난한 여정을 거쳐 지금에 이른 유대인들을 보며 세상을 개선하려는 의지를 갖고 나아가는 것이 중요하다는 것을 꼭 기억하길 바랍니다.

작은 성공과 실패를 물구나무 세우기

새해가 시작되면 우리는 새로운 계획을 세우고 결심을 합니다. 그런데 만약 작심삼일을 되풀이하고 있다면, 처음부터 거창한 계획과 큰 성공을 기대하고 있는 것은 아닌지 생각해 볼 필요가 있습니다.

성공을 위한 방법에는 두 가지가 있습니다. 작은 성공들을 이어 나가는 것과 실패를 물구나무 세우는 것입니다. 작은 성공은 《성공의 법칙》이라는 책에서 자신감을 키우는 중요한 방법으로 제시하고 있습니다. 작은 일에서 성공을 하고 그 느낌을 되새기며 자주 재현한다는 것이지요. 작은 성공의 기억으로 자신감이 얻어지면, 이를 바탕으로 더 큰 일도 성취할 수 있다는 말입니다.

이런 방법은 가정이나 직장에도 적용이 됩니다. 내실 있는 작은 성공들을 이어 가는 데 집중하다 보면 큰 성공은 저절로 따라오기 마련이지요. 한번 자신감을 얻게 되면 내 안에 잠재된 능력을 충분히 발휘할 수 있게 되고, 그러면 더 좋은 성과를 얻을 수 있기 때문입니다.

우연히 TV에서 박지성 선수를 다룬 특집을 보았습니다. 비록 본인이 산소 탱크라고 불리지만, 자신도 뛰는 게 그다지 즐겁지 않다는 솔직한 이야기를 하더군요. 그러나 즐겁지 않아도 축구를 하기로 결정한 이상 뛰었다는 겁니다. 박선수는 많이 뛰는 선수가 그만큼 인정받을 것이고, 최고가 되고 싶다면 가장 많이 뛰는 선수가 되어야 한다고 생각했다고 말했습니다. 그리고 어린 시절 코치 선생님한테 발등 구석구석마다 적어도 3,000번씩 공이 닿아야 감각이 생기고, 다시 3,000번이 닿아야 어느 정도 컨트롤 할 수 있게 된다는 말을 듣고 남들이 싫어하는 단순 반복형의 기본기 훈련을 하루도 빠짐없이 소화해 냈다고 합니다.

놀라운 것은 본인이 평발이었다는 사실을 잘나가는 축구 선수가 된 이후 우연히 부상을 당하면서 알게 되었다는 것입니다. 만약 평발이라는 사실을 미리 알았더라면 축구선수가 되는 것을 지레 포기했을 텐데, 아이러니하게도 전혀 의식을 하지 않고 남들 이상의 노력을 했기 때문에 결정적인 핸디캡도 뛰어 넘을 수 있었던 것입니다. 또한 매일 기본 훈련을 소화하는 작은 작은 성공들이 최고의 축구선수로 손꼽히는 성공까지 이어졌습니다.

성공을 위한 두 번째 방법은 실패를 물구나무 세우는 것입니다. 나는 실패를 생각하면 떠오르는 사람이 있습니다. 직장에서 해고된 후 투자자들에게 301번이나 거절당하고, 다섯 번 파산한 사람이지요. 이 설명만 가지고 생각해 본다면 더 이상 희망이 없는 사람처럼 보일 수도 있습니다. 그러나 이 사람은 302번째 투자자를 만나 투자를 약속받고 결국 자신의 꿈을 실현하였습니다. 타임지가 선정한 20세기 가장 위대한 인물 중 한 명인 월트 디즈니이지요.

함께
빛나는

그는 비록 301번 퇴짜를 맞으며 좌절했지만, 꿈꾸는 것은 모두 실현할 수 있다는 강한 의지를 보였던 사람입니다. 그리고 마침내 전 세계가 사랑하는 미키마우스를 탄생시켰지요. 실패하지 않는 유일한 길은 아무런 시도도 하지 않는 것입니다. 그러나 실패를 두려워하지 않는 과감한 도전과 성공에 대한 열정은 불가능을 가능으로 바꾸는 힘이 있습니다. 디즈니가 실패에 대한 두려움을 떨치고 도전하여 디즈니왕국을 건설했듯이 실패를 물구나무 세우면 새로운 가능성이 됩니다.

"너무 사소해서 땀 흘릴 만한 가치가 없는 일이란 없으며, 실현되기 바라기에 너무 큰 꿈이란 것도 없다."

GE 전 회장인 잭 웰치가 성공의 중요한 요소에 대해 한 말입니다. 아무리 위대하고 큰 꿈이라 해도 그것을 이루기 위해서는 한 번에 한 걸음씩밖에 나아갈 수 없습니다. 그러므로 자신이 진정 원하는 삶이 있다면 한 걸음씩 나아가길 바랍니다. 그 발걸음들이 미래까지 이어진다면 꿈을 실현하는 진정한 자신을 볼 수 있을 것입니다.

선행의 부메랑 효과

운칠기삼이라는 말이 있습니다. 인생에 무슨 일이든 운이 70 퍼센트이고, 자기 노력이 30퍼센트라는 말입니다. 그러나 나는 이 말 대신 복칠기삼이라는 말을 더 좋아합니다. 왜냐하면 '운' 이라고 말하는 것도 바로 그 시점에서 보면 노력과 능력에 무관해 보이지만, 많은 부분이 그 이전에 쌓아온 시간들이 모여 현재 결과로 나타난 것이기 때문입니다. 나만 해도 오래전 도움을 받은 사람에게 바로 은혜를 갚지 못했지만, 한참이 지나서 도움을 주게 되는 경험을 많이 했습니다. 물론 반대의 경우도 발생합니다. 이런 경험을 할 때면 나는 인생 사는 보람이 이런 것이구나, 라는 생각을 합니다. 도움에 대해 이런 말이 있습니다.

"남에게 도움 받은 건 대리석에 새기고 남에게 도움 준 건 모래밭에 파묻는다."

사람은 누구나 자기 본위라 남에게 도움을 준 것은 크게 생각하고, 도움을 받은 것은 잊기 쉽습니다. 그래서 나는 의식적으로 노력해야 앞서 인용한 말에 근접하게 살 수 있다고 생각합니다. 처음에는 실천이 쉽지 않겠지만 이런 방식으로 살아가면 오히려 마음이 편해지고 정말 행복해지는 것은 자신이라는 것을 깨닫게 됩니다.

함께
빛나는

복칠기삼

살다 보면 갑작스럽게 도움을 받는 일이 생기는데 곰곰이 지나온 일을 확인해 보면 오래전의 인연으로 돌아가는 경우가 많습니다. 그래서 나는 단순한 '운' 대신 내가 이루어온 행동으로 받는 '복'이라 생각합니다.

무슨 일이든 내가 해온 행동에 따른 복의 영향이라고 생각하면, 길게 보고 판단하는 것이 중요해집니다. 그래서 복칠기삼의 정신은 눈앞에 처세를 위해 일희일비 하지 말고, 길게 보고 올바른 생각과 행동을 하라는 의미입니다. 본인이 생각하기에 맞고 옳은 일을 선택하고 행동하다 보면, 그것이 하나둘 쌓여 어느 순간 복으로 돌아오게 될 것입니다.

복칠기삼은 비단 일에 관한 것만은 아닙니다. 만나는 사람들에게도 최선을 다하면 언젠가는 복이 되어 되돌아옵니다. 또 회사도 이런 마음으로 멀리 내다보아야 지속 가능한 성장을 이뤄나갈 수 있지요. 당장은 피곤한 운동이 몸과 마음을 더욱 건강하게 해 주는 것처럼, 현재의 시간에 최선을 다했을 때 미래에 결과가 좋아지는 것은 지금 노력한 모든 것들이 복으로 쌓여 돌아오기 때문입니다.

사실 요즘 사회가 전반적으로 불안하다 보니 여러 사람의 눈치를 보며 조급하게 생각하고 행동하게 되는 일이 많은 것 같습니다. 그러나 당장은 손해를 보는 것 같고 미련스러워 보여도 스스로 옳다고 생각하고 바르다고 판단한 길을 선택하십시오. 그런 행동이 하나둘 쌓이면, 그리 멀지 않은 미래에 뜻하지 않은 보상이 돌아올 것입니다.

행운은 기회가 주어졌을 때 충분히 준비가 되어있는 사람만이 잡을 수 있습니다. 그리고 평소에 꾸준히 하는 노력은 행운이 찾아올 기회를 늘려줍니다. 행운은 우연이 아니라 노력에 따라 찾아오는 기회입니다. 또한 운이라는 것은 내가 만들 수 없는 것이지만, 노력을 하며 준비하는 것은 얼마든지 스스로 해낼 수 있습니다.

지금 눈앞에 놓인 일상의 일들과 매일의 노력들이 모여 먼 일들을 이루어 낸다는 이야기가 있습니다. 가까운 것이 먼 것을 설명한다는 것이지요. 평범한 가치를 인식하고 순간에 최선을 다한다면, 분명 앞으로 남은 인생의 여정에 복이 되어 돌아올 것입니다.

함께
빛나는

멋진 실패

돼지는 목이 땅을 향하고 있어 기껏 높이 들어봤자 45도 밖에 들 수 없기 때문에 스스로는 하늘을 올려다 볼 수 없다. 그런 돼지가 하늘을 볼 수 있을 때가 있는데 바로 '넘어졌을 때' 이다. 우리 삶에도 때론 넘어지는 순간이 찾아온다. 넘어져야 비로소 하늘을 볼 수 있기 때문이다. 아파 봐야 자기의 건강도 살피게 되고, 실수하고 부끄러운 상황에 닥쳐 봐야 겸손을 배울 수 있다.

실패로부터 자유로운 사람은 없습니다. 아무리 재능이 뛰어나고 현명한 사람이라도 실패하지요. 그러니 자주 실패한다고 해서 실망할 필요는 없습니다. 중요한 것은 실패를 대하는 자세에 있습니다.

로마제국의 황제 아울렐리우스는 실패를 극복하기 위한 원칙을 이렇게 말했습니다.

"하나는 평온한 마음을 유지하는 것이고, 다른 하나는 상황을 똑바로 마주보고 정확히 이해하는 것이다."

실패로 느껴지는 상황에서도 이 원칙을 따른다면, 눈에 보이

함께
빛나는

는 것 이상을 발견할 수 있습니다. 평온한 마음으로 실패를 마주하고 왜 이런 상황이 되었는지 이해한다면, 그것을 '의미 있는 실패'로 만들 수 있지요. 또한 삶이 어려울 때, 제대로 가고 있다고 생각하는 자세가 도움이 됩니다. 지금 힘든 것은 앞으로 나아가고 있기 때문이고, 도망치고 싶은 것은 지금 현실과 싸우고 있기 때문이며, 불행한 것은 행복해지기 위해 노력하기 때문이라고 말입니다. 이처럼 매번 어려운 상황을 의미 있게 만들어 나간다면, 결국에는 성공을 향하는 길을 만들 수 있습니다. 나는 이것이 실패와 성공의 상관관계라 생각합니다.

실패는 가치있는 도전

사람들은 흔히 위험한 도전을 실패의 원인으로 지목합니다. 하지만 워렌 버핏은 진짜 위험은 자신이 무엇을 하는지 모르는 데서 온다고 했습니다. 실패의 원인은 오히려 실패를 두려워하는 마음에 있는 것입니다. 도전한다면 의미 있는 실패라는 결과를 얻겠지만, 도전하지 않는다면 아무것도 얻지 못합니다.

김연수 작가의 산문집 ≪소설가의 일≫에 나오는 일화입니다. 네 살 아들이 스마트폰으로 게임을 하다가 'fail'이 뜨자 좋아했습니다. 의아해진 아버지가 물었습니다.

"fail이 무슨 뜻인지 아니?"

"응, 아빠. 실패라는 뜻이잖아."

"그러면 실패가 무슨 뜻인지는 아니?"

"그럼, 아빠. 다시 하라는 거잖아."

CEO 재직시절 나는 실패상을 만들었습니다. 한 해 동안 가장 멋진 실패를 한 직원에게 주는 상이었지요. 업무를 하다 보면 일에 대한 실패를 경험할 때가 있는데, 보통 회사에서는 좋은 성과를 낸 것이 아니라면 감추거나 슬쩍 넘어가려는 분위기가 있었습니다. 그러나 실패는 새롭고 창의적인 업무와 연결되는 하나의 경험입니다. 그래서 나는 실패가 가치 있는 도전의 일부라는 걸 알려 주고 싶었습니다.

하워드 교수도 성공과 실패를 정의하는 문제가 중요하다고 말했습니다. 성공과 실패를 정의할 때는 현재와 미래에 초점을 두어야 한다고 했지요. 지금 자신이 발 딛고 있는 위치와 내일 자신이 도달하고 싶은 위치에서 성공과 실패를 바라보라는 것입니다.

인생은 끊임없는 변화의 연속입니다. 그 변화에 따라 일부 목표를 달성하고 새로운 목표를 세워 가면서 성공과 실패 역시 새

함께
빛나는

롭게 정의해야 합니다. 성공과 실패는 마치 동전의 양면 같아서 한쪽에서는 실패로 보여도 다른 한쪽에서는 성공일 수 있습니다. 오래 전에 읽었던 책에 이런 이야기가 있었습니다. 인생이란 폭풍우가 지나가기를 바라며 기다리는 것이 아니라고. 느리더라도 멈추지 않는다면 폭풍우 속에서도 춤추는 법을 배울 수 있는 것이 인생이라고 했습니다. 폭풍우처럼 갑작스럽게 실패를 마주하더라도 몸을 웅크리고 좌절하지 말길 바랍니다. 그 순간의 의미를 찾아 천천히 폭풍우를 마주하고 나아간다면, 새로운 길을 만나게 될 것입니다.

백수 신선

많은 사람들이 나에게 한 기업에 평사원으로 들어가 CEO가 되었으니 정점에 있었을 때 가장 행복하지 않았냐고 묻습니다. 그러나 생각해 보면 가장 행복했던 순간은 오히려 KT를 그만두고 난 뒤 백수로 지냈던 일 년이었습니다.

숨 가쁜 일정을 소화하며 바쁘게 살았던 날들을 떠나보내고, 나는 자유인이 되어 느긋하게 세상 구경을 했습니다. 가고 싶은 곳이 생기면 산책을 나가는 마음으로 현관을 나섰고, 그동안 바빠서 보지 못했던 분들도 만났지요. 또 마음에 두고 있던 사람들과 함께하며 하루를 보냈습니다. 그렇게 소박한 시간들로 마음을 채워가는 일상을 지내 보니 인생 사는 맛이 이런 거구나 하는 생각이 절로 들었지요.

사실 활동을 접기에는 이른 나이에 회사를 그만두어 사회 활동을 하지 않는 나를 안타까워하는 분들이 많았습니다. 그러나 나는 정말이지 행복한 시간을 보냈습니다. 내가 느끼는 만족감이 내 얼굴에도 나타났는지 친구들은 나를 만나면 백선이라 부를 정도였지요. 다른 사람들의 예상과 달리 사는 게 좋아 보인다고 붙여준 별명이었습니다.

백선은 백수 신선을 줄인 말인데, 나는 백선 여행을 많이 즐겼습니다. 나이에 비해 일찍 일을 쉬고 있으니까 뭐하는 분이냐는 질문을 받았는데, 나는 놀고 있다거나 백수라고 대답했습니다. 그러면 오히려 물어보신 분들이 걱정스러운 얼굴로 아직은 활동해야 한다고 조언을 해 주었지요. 몇 차례 비슷한 대화가 반복되고서 나는 대답하는 방법을 바꿨지요. 누군가 질문을 하면 작년에 하던 거 한다고 말했습니다. 그리고 작년에 하던 게 뭐냐고 물으면 백수라고 대답하고 같이 즐겁게 웃었지요.

백선 노릇을 하던 때가 가장 행복할 수 있었던 또 다른 이유

함께
빛나는

는 나의 절친한 친구 덕분이었습니다. 중학교 때부터 잘 알고 지내며 나와 인생을 함께 해왔고, 누구보다 가까이에서 서로를 응원해왔던 친구였지요. 그런데 갑작스럽게 친구의 폐에 문제가 생겼고, 이식 수술을 하고서 5년을 더 살았습니다.

백수가 되었을 때 나는 친구와 함께 많은 시간을 보냈습니다. 친구와 좋은 추억도 만들며 서로에게 충만한 시간을 가졌지요. 그렇게 보낸 일 년이 친구의 마지막 시간이 되었습니다. 천국으로 가는 친구의 마지막 동반자로 보낸 시간은 나의 인생 여행에서 소중하고 아름다운 기억으로 남아있습니다.

일한 사람만 누릴 수 있는 사치, 휴식

가장 위험한 차는 어떤 차라고 생각하나요? 바로 브레이크가 고장 난 차입니다. 멈추지 못하고 질주하는 차만큼 무서운 것이 없겠지요. 사람도 마찬가지입니다. 요즘은 휴테크라는 말이 생길 정도로 잘 쉬는 것이 일의 능률과 삶의 질까지 좌우하게 되었습니다.

직장에 다니다 보면 휴가도 마찬가지입니다. 한 해 동안 정신없이 일하는 사람이라면, 일상을 벗어나 재충전 하는 시간이 꼭 필요합니다. 그런데 휴가철에 직원들과 이야기를 나눠보면 휴가란 그저 갈 때가 되어서 가는 것이거나, 가족들에게 봉사하는 시간이라고 생각하는 것이 대부분이었습니다.

사실 그럴 만한 이유가 오랜 기업문화에 있다는 것을 모르는 것은 아닙니다. 우리나라 대부분의 회사에서는 휴가를 일부 반납하고 사무실에 나오는 게 칭찬 받는 분위기이고, 연차를 이어 길게 휴가를 쓰면 눈치를 주는 일이 흔하지요. 그러나 이렇게 제대로 쉴 수 없도록 서로 눈치를 주는 것은 오히려 모두가 손해 보는 일입니다.

스위스의 철학자 칼 힐티는 휴식에 대해 이런 말을 했습니다.

"휴식은 일한 사람만이 얻을 수 있는 쾌락이다."

열심히 일을 했고, 또 앞으로도 열심히 일을 해나가기 위해서라도 휴식은 중요한 것입니다. 그래서 나는 역설적으로 놀기 위해 일한다고 생각합니다. 잘 노는 사람이 일도 잘 하는 것이 진실이라고 믿는 것은 물론이고요.

회사 안에서는 보통 상사의 눈치를 보게 되지만 상사들도 열심히 일해 온 직원이고, 또 누구보다 휴식을 원하고 있는 사람들입니다. 그래서 내가 CEO를 지낼 때는 임직원들에게도 하계 휴가 계획을 연차 5일 이상 사용하도록 권고하기도 했지요. 직

함께
빛나는

원들이 자율적이고 생산적인 휴가를 보내는 것이 직원들과 회사 모두에게 활력을 불어넣어 주니까요.

박세리의 휴식

휴식이 얼마나 중요한 것인가는 골프 선수 박세리를 봐도 알수 있습니다. 그녀는 처음으로 미국 LPGA에 진출해서 세계 최고의 골퍼가 되었지요. 그러나 그 이후 한동안은 그녀의 우승소식을 들을 수 없었습니다. 주말 골퍼라는 비아냥까지 들으며 원인 모를 슬럼프에 빠져있었기 때문입니다. 그런데 얼마 후 그녀가 다시 재기하여 우승을 차지하게 되었습니다. 그 비결을 묻자 그녀는 예상치 못하게 손가락 부상을 당한 덕분이라고 대답했습니다. 골프 선수가 손가락 부상을 당한 것은 치명적인 일인데, 그것이 오히려 우승을 가져다주었다는 게 의아하게 느껴졌지요.

자세한 이야기를 들어보니, 그녀는 손가락 부상으로 인해 예정보다 일찍 한국으로 돌아와 휴식을 취했다고 했습니다. 어릴 때부터 골프만 치고, 쉬는 날에도 골프만 생각하며, 밥을 먹을 때도 골프채를 옆에 두고 먹었다는 그녀는 부상으로 인해 생각지도 않았던 진정한 휴가를 보내게 된 것입니다. 그녀는 절과 바다를 찾았고, 태권도나 킥복싱 같은 다른 운동을 하면서 몸과 마음을 추스를 수 있었다고 했습니다. 그 후 그녀는 아버지에게 이렇게 따져 묻기도 했다고 합니다. 나에게 다른 건 다 가르쳐 주셨는데, 왜 노는 법은 가르쳐 주시지 않았냐고 말입니다.

떠나 보면 알게 되는 것

　여행은 삶의 지혜를 얻을 수 있는 통로라고 생각합니다. 그래서 나는 기회가 될 때마다 여행을 가려고 노력했고, 회사에 다닐 때도 가능한 휴가를 다 찾아 썼습니다. 현실적으로 우리나라 기업 문화에서는 열흘 가까이 휴가를 내고 가족 여행을 떠나면 눈총부터 받는 것이 사실이었습니다. 나도 예외는 아니었습니다. 휴가를 쓸 때마다 눈치를 받았지만 가족과의 여행만큼은 꼭 지켰고, 나중에 내가 임원이 되었을 때는 직원들에게도 같은 방식을 권했습니다. 직원들 휴가 사용하는 걸로도 임원을 평가하겠다고 했지요.

　오랜 시간 여행을 해오다 보니 나는 나름의 기호가 생겼습니다. 여러 군데를 둘러보는 것은 좋아하지만, 패키지여행처럼 목적지를 정해 두고 숙제를 해결하듯 뛰어다니는 방식은 즐기지 않습니다. 특히 나이가 들어서는 한 곳에 머물면서 충분히 휴식을 취하고, 이국의 정취를 즐기기를 좋아합니다.

　나는 이탈리아의 토스카나 지방을 좋아해서 여러 번 다녀왔습니다. 이곳에 반복해서 여행을 가니까 가 보지 못한 곳도 많은데 왜 같은 지역을 여러 번 가는지 의아해하는 질문도 받았습니다. 그러나 같은 곳이라도 갈 때마다 그때의 풍경과 아름다움은 매번 다르며 항상 색다른 즐거움을 느낄 수 있습니다. 그리고 나에게 여행은 어디를 가느냐보다 누구랑 가느냐가 훨씬 중요합니다. 여행의 동반자가 누구인지에 따라 경험과 즐거움의 가치가 현격하게 차이나기 때문입니다.

신선한 충격

여행은 늘 의미가 있고, 또 재미도 있습니다. 좋은 사람과 맛있는 거 먹을 수 있고, 즐겁게 대화할 수 있으며 편히 쉴 수 있어 좋지요. 인생에서 여행처럼 의미와 재미를 동시에 가져다주고 행복을 채워 주는 것은 생각보다 많지 않습니다. 그리고 이런 경험들이 하나 둘 쌓이면 세상을 살아가는 자신만의 지혜가 됩니다. 그래서 주변에도 자녀에게 혹시 적은 돈이라도 물려줄 생각이라면 차라리 경험할 수 있는 기회, 즉 여행을 많이 보내라고 조언합니다.

여행만큼 우리와 다른 사회를 압축해서 입체적으로 경험할 수 있는 기회는 거의 없습니다. 공부나 책을 통해 간접 경험을 할 수는 있지만, 여행을 통해 느낄 수 있는 직접적인 경험과 비교할 수는 없지요. 무엇보다 여행은 자신을 발견할 수 있는 절호의 기회이기도 합니다. 익숙한 사회 속에서는 잘 보이지 않는 자신의 모습을 좀 더 객관적이고 정확하게 볼 수 있지요. 독서만큼이나 여행을 추천하는 이유가 바로 여기에 있습니다.

20대 중반에 자메이카로 출장을 갈 기회가 있었습니다. 당시만 해도 해외여행이 자유화되기 전이었는데, 다른 세상을 볼 기회가 없던 나는 자메이카에서 문화 충격을 크게 받았습니다.

자메이카에서는 외교관을 하려면 영어 두 마디면 충분하다고 했는데, 바로 'Never mind'와 'No problem'이었습니다. 그곳에서는 먹을 게 없으면 야자수를 따먹으면 된다는 식이었지요. 세상에 사람들이 그렇게 느긋할 수가 없었습니다.

우리나라는 경쟁이 심해서 자칫하면 낙오할 수 있다는 불안이 심합니다. 그리고 우리는 학창 시절부터 이런 불안감에 익숙해져 있고, 사회에 나오면서 불안감이 점점 커지게 되지요. 그런 사회에서 살다가 자메이카를 가보니 완전 별천지였습니다.

그곳에서 머무는 동안 나는 느긋하게 살아도 문제가 없다는 것을 직접 보고 깨닫게 되었습니다. 아주 단순한 사실이 어떻게 살아야 하는가에 대해 내가 가지고 있던 편견을 깬 것입니다.

인생에는 정답이 하나만 있는 게 아니라는 생각이 들었습니다. 서두르지 않고 여유롭게 살아도 되는 세상이 존재하는 것을 본 것만으로도 인생을 다시 생각해 보는 계기가 된 것이지요.

유럽에 출장을 갔을 때도 그동안 내가 가지고 있던 편견을 깨는 신선한 충격을 받았습니다. 한 번은 총리 집무실을 방문할 기회가 있었습니다. 막상 도착하자 예상과 달리 정말 조그만 공간에서 총리가 업무를 보고 있었지요. 그곳에서 이야기를 나누는 동안 총리는 직접 커피를 따라 주며 손님을 대접했습니다. 권위를 나타내기 위해 커다란 사무실을 꾸미거나, 시중을 드는 사람을 따로 두지 않았지요. 허례허식 없이 일에만 집중하고 본인의 역할을 다하는 태도가 무척 빛나 보였습니다.

이처럼 여행은 우리가 몰랐던 세상을 경험하게 해줍니다. 다른 세상과 다른 문화가 있다는 것을 눈으로 보고 몸으로 느끼면, 포용성이 넓어지고 다양성도 커지게 되지요. 그리고 이런 경험이 자신 스스로를 깨닫게 하면, 유연함이 생기고 창의성이 만들어집니다.

우물 밖으로 나가라

오스트리아를 중심으로 번성했던 합스부르크 왕가는 유럽뿐 아니라 멕시코까지 진출해서 세계를 움직이는 막강한 권력을 휘둘렀습니다. 그런데 시간이 흐르면서 자기 혈통에 대해 집착이 강해진 합스부르크 왕가는 가문을 벗어난 결혼을 금지했지요. 순수 혈통을 지킨다는 명분으로 울타리를 치고 외부의 다양성을 차단했습니다. 그리고 그 결과 주걱턱으로 상징되는 유전 변이가 생기고 말았습니다. 근친에 가까운 결혼 풍속으로 유전자는 갈수록 외부 세상에 취약해진 것입니다. 특히 전염병에 약해졌고, 결국엔 가문 자체가 역사 속으로 사라지고 말았습니다. 이는 우리가 단일 민족이라는 것에 대한 자부심, 또 우리 주변에 같이 사는 다문화 가정을 대하는 태도에도 시사점이 많습니다.

개인도 마찬가지고, 조직이나 사회도 마찬가지입니다. 바깥 세상에 대해 개방적이고 자신과 다른 가치에 포용적일 때 발전 가능성이 높아지고 새로운 가치도 만들 수 있습니다. 내 경험만 떠올려 봐도 IT분야 근무시절 이동통신의 기술 표준 채택이나 단말기 도입 등과 관련해서 국내 기술만 우선적으로 고려하는 경우를 많이 보았습니다. 그러나 지나고 보면 고객 위주의 사고

를 기본으로 개방성을 가지고 글로벌한 기준으로 선택한 판단
이 결국에는 시장에서 인정받고 경쟁력을 갖춘다는 것을 깨달
았습니다.

아는 만큼 보인다는 말이 있습니다. 나는 이 말이 경험만한
재산이 없다는 의미라고 생각합니다. 여행은 경험에 있어 가장
많은 것을 즐거움으로 가져다줍니다. 지금 자신이 있는 곳에서
벗어나 개방적인 사고로 포용의 가치를 깨닫는 것만으로도 여행
할 가치는 충분하지요. 익숙해진 환경을 과감히 던지고 다른 세
상으로 떠나 새로운 지혜를 얻길 바랍니다. 여행을 마치고 돌아
올 때는 한결 여유롭고 창의로운 자신을 발견할 것입니다.

여행 고생은 사서도 한다

오늘 할 일을 내일로 미루지 말라. 이 격언에 가장 어울리는
일은 여행이라고 생각합니다. 다른 곳에 지출할 돈을 아끼거나
먼저 사용해도 좋을 만큼 여행은 가치 있는 일이기 때문입니다.
우리는 맛있는 것을 먹을 때나 재미있는 이야기를 나눌 때, 그
리고 즐거운 사람과 있을 때 행복을 느낍니다. 여행은 이런 여러
가지 행복을 동시에 가져다주지요.

우리가 잘 아는 중국의 고전 소설 〈서유기〉도 진리를 찾아 떠나는 여행 이야기입니다. 불교가 탄생한 곳은 인도 문명인데 당나라에서 보면 서쪽이고 히말라야 산맥을 넘어야 도달할 수 있는 곳입니다. 그리고 이 소설에서 팀을 이끄는 삼장법사는 당나라 때 존경 받던 승려였지요. 〈서유기〉에 나온 여든 가지가 넘는 모험 이야기는 바로 이들이 난관을 마주하고 헤쳐 나가는 여정을 상징한다고 볼 수 있습니다.

깨달음을 위한 여행이 비단 과거에만 국한된 것은 아닙니다. 현대 사회에서도 여행을 통해 인생을 바꾸는 깨달음을 얻은 사람들을 찾아볼 수 있습니다.

남미 혁명을 주도한 체 게바라도 여행을 통해 자기 삶의 좌표를 발견했습니다. 1952년 1월 부에노스아이레스의 23세 의대생이었던 게바라는 친구 알베르토와 함께 포데로사라는 낡은 오토바이를 타고 안데스 산맥을 넘기로 합니다. 그리고 칠레와 페루를 거쳐 베네수엘라까지 이르는 대장정을 하지요. 이 과정에서 남미 사회의 모순을 발견한 게바라는 의사의 길을 포기하고 혁명을 이끌게 됩니다.

내 인생에서도 여행은 중요한 역할을 했습니다. 가장 기억에 남아있는 것은 고등학교에 입학하고서 첫 여름방학에 떠났던

무전여행이었습니다. 부모님의 고향을 찾아가 친척들을 방문하는 여정이었는데 처음으로 혼자 길을 나서던 순간과 그때 겪었던 일들이 아직도 생생하게 떠오릅니다.

마음에 남는 여행 중 또 하나는 미국에서 유학을 할 때 어렵게 경비를 마련해 떠났던 여행입니다. 방학이 두 달이었는데, 그때 나는 도서관 관계자가 근로기준법을 위반한다고 경고를 줄 만큼 일을 했습니다. 그렇게 모은 돈이 2,000달러였는데 지금 시세로 환전하면 200만 원 정도입니다. 그 돈을 가지고 나는 인생 여행 동반자인 아내와 함께 보름짜리 유럽 배낭여행을 떠났습니다. 난생 처음 유럽 땅을 밟았지요. 돈이 부족해서 유레일패스를 끊고 20달러짜리 방에서 라면을 먹어가며 여행을 했습니다. 숙소가 얼마나 열악한지 라면을 끓이려고 전기포터를 꽂으면 방 전체에 전기가 나가버리기도 했지요. 멋지게 유럽을 활보하는 상상과 달리 거지꼴을 하고 다녔다고 해도 과언이 아니었습니다. 그래도 그때를 돌이켜 볼 때마다 최고의 시절이었다는 생각이 듭니다. 지금까지도 아내와 함께 그 시절 여행 이야기를 하며 즐거워하지요.

여유가 없어서?

우리는 여행을 일종의 사치라고 생각하는 경향이 있습니다. 돈과 시간이 모두 있어야 할 수 있는 것이라며 미루기만 하지요. 그러나 여행의 세계는 흔히 생각하는 것보다 넓고 다채롭습니다. 경제적인 여유가 뒷받침 되어야 갈 수 있는 여행도 있지만, 고생을 각오하면 다녀올 수 있는 여행 방법도 많습니다. 그러니 결국 여행을 떠나는 것은 인생에서 중요성을 기준으로 하는 우선순위 문제입니다.

내가 아는 한 청년은 2016년 여름에 친구와 함께 편의점에서 일한 돈을 모아 시베리아를 횡단하는 여행을 했습니다. 블라디보스톡에 도착해서 시베리아 횡단열차를 타고 모스크바와 유럽대륙을 관통해 그리스까지 갔지요. 그리고 배를 타고 터키 이스탄불에 도착해 아타튀르크 공항에서 한국으로 돌아오는 대장정이었습니다. 빈곤한 주머니 사정 때문에 고생이 이만저만이 아니었다고 말했지만, 평생 기억에 남는 추억이라며 환한 표정을 지어 보였습니다.

우리는 지금 여기가 아닌, 낯선 곳에서 자신을 가장 잘 보는 것 같습니다. 지금의 자신에서 한 뼘 더 성장하고 싶다면 산책을 나서듯 여행을 떠나길 바랍니다. 새로운 세상에서 다양한 경

함께
빛나는

험을 마치고 집으로 돌아온다면, 성숙해진 자신을 발견할 수 있을 것입니다.

행복하게 여행하기 위해서는
짐을 줄이고 가볍게 여행해야 한다.

생떽쥐페리

건강, 삶의 전부

명예와 지위, 그리고 돈 그 어느 하나 빠지지 않는 대단한 성공을 거둔 사람이 대학에 강의를 하러 왔다. 그의 강의를 듣기 위해 많은 사람들이 몰려들었다. 그는 강단에 등장하자마자 칠판에 '1,000억!'이라고 적고 이렇게 말했다.

"제 재산은 아마 천 억이 훨씬 넘을 것입니다. 여러분들은 제가 부럽습니까?"

여기저기서 그렇다고 대답하는 소리가 들렸다. 그러자 그는 웃으면서 이만한 재산을 모으려면 어떻게 해야 하는지 알려 주었다.

그는 먼저 1,000억 중에 첫 번째 0은 노력이라고 했다. 그리고 두 번째 0은 믿음, 세 번째 0은 자기관리라고 말했다. 이것들이 인생에 필요한 것이라고 하자 사람들은 공감하는 얼굴로 고개를 끄덕였다. 마지막으로 그가 입을 열었다.

"이제 맨 앞에 있는 1을 설명하겠습니다. 1은 건강과 사랑입니다. 만일 여기서 1을 지우면 1,000억은 아무런 의미가 없어지는 것입니다. 그저 0이 되어버릴 뿐입니다."

함께
빛나는

젊어서는 의욕이 앞서서 건강을 돌보지 않고 무리하게 일할 때가 많습니다. 좀 무리해도 몸에 큰 이상이 없으니 괜찮겠지 생각하지요. 그러나 우리 몸은 다른 그 무엇으로도 대체할 수 없습니다. 심하게 사용하면 무리가 갈 수밖에 없고, 무리한 상태가 반복되면 탈이 나게 마련이지요.

요즘 프로 스포츠에서는 혹사 논란이 자주 일어납니다. 승부에 집착해서 선수를 무리하게 기용했다가 탈이 나는 경우가 많아서 생기는 일이지요. 자세히 들여다보면 선수는 한 게임이라도 더 나가서 주목을 받고 싶어하고, 감독은 욕심을 부려 무리해서라도 유능한 선수를 기용해서 경기를 이기려고 하다가 생기는 문제입니다. 그러나 적당한 선에서 멈추지 않고 무리하게 되면 선수 생명이 단축됩니다. 그 해에 괜찮으면 이듬해 탈이 나는 식이지요. 수술을 받고 긴 시간 재활을 거쳐도 예전 기량을 되찾지 못하는 경우가 훨씬 많습니다.

이는 비단 프로 스포츠에만 해당하는 것이 아닙니다. 평범하게 회사를 다니는 사람들도 야근을 밥 먹듯이 하고, 주말도 반납하고 회사에 나와 일을 합니다. 회사도 직원들의 처지를 이용해 일을 너무 많이 시킵니다. 그러다 보면 모두가 사생활도 없고 휴식할 여유도 없어집니다. 이런 시간이 오래 지속되면 결국 탈이 나지 않을 수 없지요.

요즘 프로야구에서는 투수들의 투구 수와 등판 간격을 엄격하게 관리하는 분위기가 확산되고 있습니다. 눈앞에 게임을 포기하더라도 다음에 있을 경기를 위해 자원을 아끼자는 것입니다. 우리 사회도 투구 수와 등판 간격을 유지하는 것이 필요합니다. 지금처럼 마치 오늘만 있고 내일은 없는 것처럼 달려가다가는 회복하기 어려운 부상을 입게 될 것입니다.

우리는 오늘만이 아니라 내일도 살아야 합니다. 이제 100세 시대가 열렸기 때문에 생각보다 훨씬 긴 시간을 살아야 하지요. 그렇기에 안목을 가지고, 긴 시간 동안 건강한 상태로 살아갈 계획을 잘 세워야 합니다. 지금 당장 느끼는 불안 때문에 자신을 혹사해서는 안 되지요. 또한 회사도 당장의 이익 때문에 직원들을 혹사시켜서는 곤란합니다.

실천은 거창한 것이 아닙니다. 자기만의 생활 원칙을 세우는 것이 첫 단계지요. 예를 들어, 짧은 거리는 걸어가고, 에스컬레이터보다 계단을 이용하는 식의 작은 실천만으로도 상당한 효과를 볼 수 있습니다. 물론 일정한 시간을 내어 운동할 수 있다면 최고로 좋겠지요.

사람들은 모두 각자의 인생에서 중요하다고 생각하는 것을

함께
빛나는

쫓으며 살아갑니다. 그러나 그게 무엇이든 간에 가장 중요한 것을 놓치는 실수는 하지 말아야 합니다. 건강관리를 어떻게 하느냐가 미래의 삶에 결정적인 영향을 주기 때문입니다.

어떤 사람들은 건강을 돌보지 않고 되는대로 살면서 이런 말을 합니다.

"뭐 어때서? 누구나 언젠가는 다 죽어."

그러나 이런 태도는 무책임한 것입니다. 본인이 건강관리를 안 해서 본인이 겪는 불편은 자업자득이지만, 주변 가족과 친지들에게도 피해를 주는 것은 배려하는 마음이 부족한 것입니다. 그래서 나는 나 자신을 위하는 것은 물론이고 인생에서 가장 중요한 배려를 실천한다는 생각으로 건강관리를 했습니다. 20년이 넘도록 매일 아침 운동을 하기 위해 현관을 나서는 이유지요. 자신을 위해, 또 자신의 소중한 사람들을 위해 중요한 배려한다는 자세로 하루 한 시간이라도 스스로를 돌보길 바랍니다.

6

행복, 누구나 누릴 권리

행복해지는 네 가지 방법

어느 날 소년이 마을의 현자를 찾아가서 물었다.

"저에게 꿈이 있는데, 그건 제 자신과 다른 사람들을 행복하게 하는

거예요. 꿈을 이루려면 어떻게 해야 하나요?"

소년의 말을 들은 현자는 부드러운 미소를 지으며 대답했다.

"그런 꿈을 갖다니 훌륭하구나. 네 가지 방법을 알려 줄 테니 실천해

보렴. 첫째는 자신을 남처럼 생각하는 것이다."

현자의 말을 듣고 곰곰이 생각하던 소년이 말했다.

"자신을 남처럼 생각하면, 좋은 일이나 나쁜 일이 생겨도 감정에 지

나치게 빠져들지 않는다는 말씀이지요?"

"그렇지. 아주 똑똑하구나."

현자가 대답하며 말을 이었다.

"두 번째는 남을 자신처럼 생각하는 것이다."

"그렇게 생각하면 주변 사람의 어려움을 내 일처럼 여기고 도와줄

수 있겠네요. 친구가 기쁠 때는 저 또한 기쁠 테고요."

"잘 아는구나."

현자가 이야기했다.

"세 번째는 남을 남처럼 생각하는 것이다."

"주변 사람을 바꾸려 들지 말고 존중하라는 뜻이지요?"

소년이 바로 대답을 하자 현자가 고개를 끄덕였다.

"네 번째는 자신을 자신처럼 생각하는 것이다. 네가 옳다고 생각하는 대로 사는 것이지. 쉬운 듯해도 행동으로 옮기기는 어렵단다. 네 가지를 평생의 좌우명으로 삼거라."

가만히 이야기를 듣고 있던 소년이 말했다.

"행복해지는 네 가지 비결에는 서로 상반되는 점이 있네요! 전 무엇으로 이것들을 통일시킬 수 있을까요?"

"평생이라는 시간을 쓰면 된단다. 그러면 여러 경험을 통해 확인할 수 있을 것이다."

함께
빛나는

사는 과정이 행복

중중 장애인의 몸으로 누구도 상상하지 못할 업적을 이룬 물리학자 스티븐 호킹은 스물한 살이 되던 해 불치병에 걸려 사실을 알고 크게 절망했다. 당시 의사는 앞으로 2년밖에 살지 못할 거라고 시한부를 선고 했다. 하루는 연설을 마친 그에게 기자가 물었다.

"병마가 당신을 영원히 휠체어에 묶어놓았는데, 운명이란 녀석이 너무 많은 것을 빼앗아 갔다고 생각하지 않나요?"

그러자 호킹이 미소를 지어보이며, 세 개의 손가락을 이용해 타자를 두드렸다. 화면에는 그가 입력하고 있는 말들이 전해졌다.

"나는 손가락을 여전히 움직일 수 있고, 두뇌로는 생각을 할 수 있습니다. 나는 꿈이 있고 사랑하는 가족과 친구들이 있습니다."

대답을 마친 호킹은 힘겹게 이어가며 다음 문장을 완성했다.

"아, 그리고 나는 감사할 줄 아는 마음을 가졌습니다!"

나는 '후회 없는 삶'이라는 말이 과장된 것이라고 생각합니다. 하지만 후회 없는 삶을 추구하는 것은 매우 가치 있는 목표이며, 일상에서 더 나은 결정을 내리도록 도움을 주지요.

함께
빛나는

학생들과 상담하면서 행복에 대해 물어볼 때가 있습니다. 그러면 흔히 성공과 행복을 동일시하는 경우가 많았습니다. 사람들은 산 정상에 오르면 행복할 거라 기대하지만 정상에 오른다고 행복한 것은 아닙니다. 어느 지점에 도착하면 모든 사람이 행복해지는 그런 곳은 없지요. 행복은 산 정상을 정복하는 것이 아니라, 정상을 향해 가는 과정에서 느낄 수 있습니다.

우리는 종종 빨리 목적지에 도달하겠다는 조급함 때문에 과정을 즐기지 못합니다. 또한 명예와 재물에 대한 욕망 때문에 권력과 돈을 쫓는 데 시간을 쏟아 붓기도 하지요. 하지만 이것들이 행복을 보장하지는 않습니다. 만약 행복해지고 싶다면, 자신에게 의미가 있고 또 자신을 행복하게 만들어 주는 일을 찾아야 합니다.

행복은 소유의 정도로 측정되는 것이 아니라 가족과의 편안함과 사랑의 즐거움, 그리고 친구가 주는 기쁨과 타인을 돕는 만족감, 내가 성취한 것, 인격이 성숙하는 과정, 감사함의 표현들, 유머 감각, 지식 습득 등의 과정에 있습니다.

되는 것과 사는 것

인생의 변화가 생기는 결정적인 순간과 그 변화 뒤에 오는 구체적인 경험에는 분명 차이가 있습니다. 보통 사람들은 이 둘을 제대로 구분하지 않지요. 예를 들어 꿈꾸던 대학에서 입학 통지를 받는 것은 기쁜 일이지만, 막상 대학생이 되어 낯선 환경에서 학업 스트레스를 받으며 외롭게 지내는 일상은 그다지 행복하지 않을 수도 있습니다.

이를 영어로 표현하자면 'becoming(~이 되는 것)'과 'being(~으로 사는 것)'의 차이는 상당히 크다는 것입니다. 재벌 집 며느리가 되는 것과 그 집안 며느리가 되어 하루하루 살아가는 것은 차이가 있는 것처럼 말입니다. 하지만 우리는 화려한 변신의 순간과 축하잔치의 짧은 즐거움만 생각하지 잔치가 끝난 후의 긴 시간에 대해서는 잘 생각하지 않습니다. 변화를 통해 얻는 행복의 총량을 과대평가하는 경우가 많기 때문입니다.

고등학생은 오직 대학을 가기 위해, 대학생은 직장을 얻기 위해, 중년은 노후 준비와 자식의 성공을 위해 사느라 현재를 즐기지 못하고 살고 있습니다. 많은 사람들이 미래의 무엇이 되기 위해 전력 질주를 합니다. 이렇게 'becoming'에 눈을 두고 살지만, 정작 행복이 깃들어 있는 곳은 'being'이라는 사실을 알아야 합니다.

인간이 어떤 일을 통해 느끼는 즐거움이나 쾌감은 오래 지속되지 않고, 원래 상태로 되돌아가기 마련입니다. 이것은 인간의 생존 비법 중 하나이기도 하지요. 그렇게 때문에 우리는 행복을 느껴도 시간이 지나면 제자리로 돌아오게 됩니다. 행복은 한방으로 해결되는 것이 아니며, 작은 기쁨을 여러 번 느끼는 것이 훨씬 좋은 이유도 여기에 있습니다. 행복은 기쁨의 강도가 아니라 빈도라는 것이지요.

행복은 비교하지 않는 것

플라톤은 다섯 가지의 행복을 이렇게 말했다.

첫째, 먹고 입고 살고 싶은 수준에서 조금 부족한 듯한 재산.

둘째, 모든 사람이 칭찬하기에는 약간 부족한 용모.

셋째, 자신이 자만하고 있는 것에서 사람들이 절반 정도밖에 알아주지 않는 명예.

넷째, 겨루어서 한 사람에게는 이기고 두 사람에게는 지는 체력.

다섯째, 연설을 듣고 청중의 절반은 손뼉을 치지 않을 말솜씨.

플라톤이 생각한 행복의 조건들은 완벽하기보다는 조금 부족하고 모자란 상태였다. 재산이든 외모든 명예든 너무 완벽하다면, 바로 그 사실 때문에 불안이 생길 수 있다는 것이다. 적당히 모자란 상태에 부족한 부분을 채우기 위해 노력하는 삶, 그 속에 진정한 행복이 깃든다고 플라톤은 말한다.

요즘은 SNS가 발달한 시대입니다. 그래서 요즘 학생들은 다른 사람들의 생활을 모바일 기기를 통해 아주 손쉽게 확인할 수 있습니다. 그런데 단지 서로의 안부를 확인하는 것뿐 아니라, 다

른 사람과 비교해서 내가 소유하고 있지 않은 것들에 대해 알게
되기도 합니다.

예를 들어 타인들이 자신보다 얼마나 부유한지, 얼마나 좋은
곳에서 살고 있고 좋은 것들을 소유하고 있는지에 대해 보게 되
는 것이지요. 요즘 시대의 열등감이나 절망감은 남들과의 비교
를 통해 더욱 확대되는 것 같습니다.

사실 행복해지는 법은 단순하고 간단합니다. 딱 두 가지만 기
억하면 됩니다. 하나는 지금을 소중히 여기는 것이고, 다른 하
나는 비교하지 말라는 것입니다. 완벽한 인생이란 없습니다. 오
히려 실수나 잘못이 우리의 삶을 더욱 인간적으로 만들고, 큰
의미를 깨닫게 합니다.

누구보다 못하다거나 누구보다 잘났다는 식의 의미 없는 비
교는 자신을 지치고 피곤하게 만들 뿐입니다. 배를 먹으면서 이
것이 사과였으면 하고 안타까워하거나, 사과를 먹으면서 이것이
배였으면 하고 아쉬워하면 둘 다 제대로 음미하기 어려운 법입
니다.

무엇이든 즐기는 사람에게는 행복이 되지만 거부하는 사람에
게는 불행이 됩니다. 정말 행복한 사람은 모든 것을 다 가진 사
람이 아니라, 지금 하는 일을 즐기는 사람이지요. 또 자신이 가

진 것을 만족해하는 사람과 하고 싶은 일이 있는 사람, 그리고 갈 곳이 있고 갖고 싶은 것이 있는 사람이 행복한 것입니다.

행복은 작은 시냇물처럼 천천히 길게 흘러갑니다. 그저 일상에서 만나는 작은 것들을 소중히 여기며 살아간다면 행복을 느낄 수 있을 것입니다.

오늘에 집중하라

현재에 관한 명언 중에 모두가 잘 아는 말이 있습니다. 바로 '카르페 디엠', 현재를 잡으라는 말입니다. 이것은 고대 로마 시대의 시인이었던 호라티우스의 시에서 나온 문구입니다. 그가 쓴 시에는 "현재를 잡아라, 내일이란 말은 가급적 최소한만 믿어라"라고 쓰여 있지요.

이 말이 대중적으로 알려지게 된 계기는 1989년 개봉된 영화 〈죽은 시인의 사회〉였습니다. 영화에서 주인공 키팅 선생님은 첫 번째 수업 시간에 학생들을 교실에서 로비로 이끌어내며, 새로운 생각의 문으로 인도했습니다. 그리고 호라티우스의 시를 인용하며 이렇게 외쳤습니다.

"카르페 디엠. 소년들이여, 오늘을 붙잡아라. 너희들의 삶을 특별하게 만들어라."

이 당시 영화에 감동을 받은 많은 청년들이 자신의 생활신조를 이 문구로 바꾸었을 정도였지요. 그리고 2014년 8월 키팅 선생님 역할을 했던 로빈 윌리엄스가 사망했을 때도 카르페 디엠은 다시 세간의 주목을 받았습니다. 청년기를 지나오며 키팅 선생님에게 힘을 얻은 사람들, 그러니까 20년 전 청년이었다가 지금은 중년이 된 많은 사람들이 그의 죽음을 애도하며 영화 속 마지막 장면처럼 "캡틴, 오 마이 캡틴"을 외쳤지요.

오늘을 잡으라는 지혜는 서양만의 것은 아닙니다. 동양에도 똑같은 의미를 가진 교훈이 있습니다. 중국 당나라 때 선종의 대표적인 스님인 임제선사가 '즉시현금 갱무시절卽時現今 更無時節'이라는 말을 했습니다. '바로 지금이지 다른 시절은 없다'는 뜻입니다. 다가오지도 않은 미래 때문에 근심하는 대신에 지금 닥친 현재에 충실하라는 것이지요. 이 말은 2010년에 돌아가신 법정 스님도 특별히 좋아하셔서 벽에 글귀를 걸어 놓고 되새겼다고 합니다.

오늘을 잡으라는 말을 깊이 생각해 보면, 그 시점에 해야 하는 일이자 자신의 본질에 맞는 일을 하라는 의미도 있습니다. 예를 들어 학생에게는 공부이고 직장인에게는 하고 싶은 일,

그리고 은퇴를 한 사람들에게는 자유로운 개인 생활이 되겠지요. 물론 미래 준비나 여가 등 다른 일에도 시간을 보내야 하는 건 당연하지만, 가장 중요한 것은 그 시기에 맞는 일을 하는 것입니다.

불확실한 미래를 두려워하는 청년들이 많습니다. 하지만 아직 오지 않은 날들이 두렵게 느껴지는 것은 어른이 되어서도 마찬가지입니다. 크게 보면 인생 자체가 모두에게 단 한 번밖에 주어지지 않은 기회입니다. 나도 어릴 때는 시간이 참 느리게 흐르는 것 같아서 내가 언제 60살이 되고 70살이 될까 생각한 적도 있었습니다. 그러나 시간은 어김없이 흘러, 멀다고 생각했던 미래로 인도합니다. 그것은 애쓴다고 늦추거나 피할 수 있는 것이 아니지요. 그리고 이 여정의 마지막에는 모두가 예외 없이 죽음을 맞이해야 합니다. 그러니 다가오지도 않은 미래를 걱정하느라 기운을 빼는 것은 부질없는 짓이지요. 지금 현재를 바로 바라보고 즐기면서 최선을 다해야 합니다.

제철 과일이 가장 맛있다

우리가 두 손에 확실하게 쥐고 있는 것은 오늘뿐입니다. 자기가 가지고 있지 않은 것을 아쉬워하고 불평하기보다 지금 손에

쥐고 있는 것을 충분히 즐겨야 합니다. 그렇게 하루하루를 만들어 가며 감사와 풍요로 가득 채워야 하지요. 물론 말처럼 쉽지 않은 일입니다. 어쩌면 확실한 오늘을 무시하고 지나간 어제나 불확실한 내일을 그리워하는 것이 인간의 본성일지 모르니까요. 어린이들은 빨리 간섭받지 않는 어른이 되려 하고, 중학생들은 하루빨리 시험 지옥에서 벗어나 대학생이 되고 싶어합니다. 대학생들은 어서 졸업하고 취직하고자 하고, 한창 바쁘게 일할 때는 정년퇴직 후 한가롭게 살면 얼마나 좋을까 생각합니다.

생각해 보면 우리는 항상 한 발짝 앞을 갈망하며 살아갑니다. 오늘을 즐기지 못하고 내일만 생각하며 사는 것이지요. 반대로 어제만 그리워하며 사는 사람도 많습니다. 흔히 40대는 30대에게, 또 30대는 20대에게 말합니다. 참 좋은 나이라고. 그리고 반드시 나이 타령이 이어집니다. 내가 5년만 젊었어도….

그러나 이는 오늘을 살지 못하는 사람들의 핑계이자 자기기만입니다. 그들은 무슨 일을 시작하지 못하는 것과 기회가 없는 것, 그리고 일을 열심히 하지 않는 것이 마치 순전히 나이 때문인 것처럼 말합니다. 그러나 바로 지금 이 순간이 어제 우리가 그렇게 오기를 바랐던 날입니다. 그리고 내일 우리가 그렇게 되돌아가고 싶은 날이기도 합니다.

과연 자신이 어떤 사람인지 생각해 보세요. 지금 한창 제철 과일을 맛있게 먹고 있는지 말입니다. 아니면 철 지난 딸기나 아직 나오지도 않은 곶감을 먹고 싶어하며 불평을 하고 있는 것은 아닌지요.

불경에 지금 네가 선 자리를 꽃방석으로 만들라는 말이 있습니다. 우리가 가진 것은 오늘뿐입니다. 지금 이 순간 손에 가지고 있는 것에 감사하고, 그것을 충분히 누릴 수 있도록 노력해 보세요. 내일의 행복을 위해 당장 지금 이 순간의 행복을 놓치거나 희생하고 사는 것이 과연 맞을까요? 오늘의 행복은 어쩌면 오늘이 아니면 다시는 느낄 수 없을지 모릅니다.

우리는 지금 이 순간 최선을 다해 행복해야 합니다. 그러기 위해 자신이 할 수 있는 것에 집중해서 몰입해야 하지요. 그 하루가 차곡차곡 쌓여서 오랜 시간을 이룬다면 자연스럽게 원하는 미래를 맞게 될 것입니다.

함께
빛나는

행복 방정식

그리스의 한 애꾸눈 장군이 죽기 전에 초상화를 남기려고 전국의 유명한 화가들을 불러 들였다. 그런데 그들이 그린 초상화 중 장군의 마음에 차는 작품이 나오지 않았다. 어느 화가는 애꾸눈을 보이는 대로 그렸고, 다른 화가는 장군을 배려해서 양쪽 눈 모두 멀쩡한 그림을 그렸다. 장군은 콤플렉스가 드러나는 것을 못마땅해했고, 자신을 왜곡한 초상화에는 더 화를 냈다. 그런데 장군은 이름 없는 한 젊은 화가가 그린 초상화에 매우 흡족해했다. 그 초상화에는 장군의 성한 눈이 있는 옆모습이 그려져 있었다고 한다.

2016년 8월, 브라질 리우에서 올림픽이 열렸습니다. 세계에서 모인 선수들이 자기 나라 국기를 가슴에 달고 선의의 경쟁을 펼쳤지요. 우리나라에서도 300명에 가까운 선수들이 참가하였고 금메달 8개와 은메달 3개, 그리고 동메달 9개라는 훌륭한 성적을 거두고 돌아왔습니다.

그런데 이번 올림픽에서는 그 어느 때보다 성적에 대한 비판이 강했던 모양입니다. 금메달을 따지 못한 선수들이 카메라 앞에서 연신 죄송하다고 사과를 하며 인터뷰를 하더군요. 나는 그 모습이 정말 이상하게 보였습니다. 국가 대표로 선발되어 올림픽에 출전한 것도 대단하고 메달을 딴 것은 더 대단한데, 금메달이 아니라고 죄송해하는 것을 이해할 수 없었습니다. 나만 이렇게 느낀 것이 아니었는지 금메달이 아니면 모두 실패한 것인지 반문하는 목소리가 많았지요.

우리나라 선수들이 미안해하는 얼굴은 동메달만 따도 좋아서 어쩔 줄을 모르는 다른 나라 선수들과 비교가 되었습니다. 어떤 선수들은 올림픽에 참가한 사실만으로도 행복해했으니까요. 특히 리우 올림픽에서는 난민팀이 주목을 받았습니다. 남수단의 육상선수와 시리아의 수영선수, 그리고 콩고민주공화국의 유도선수들이 난민팀에 소속되어 올림픽에 참가했지요. 그들은 전쟁을 피해 나라를 떠났지만 올림픽 무대는 그들을 외면하지 않았습니다. 많은 사람들이 난민팀의 열정에 감동하여 박수를 보냈지요.

행복은 기대치 분의 결과치라고 할 수 있습니다. 이 공식대로라면 분모가 클 때 전체값이 커지기 쉽지 않지요. 행복이 딱 그렇습니다. 기대가 너무 크면 행복해지기가 쉽지 않습니다. 올림픽으로 설명을 하자면, 기대치가 금메달일 경우 결과치로 금메

함께
빛나는

달을 땄을 때만 1이 되고 다른 결과는 모두 부족한 상태가 되어 버립니다.

그렇다면 난민팀에 속한 선수들의 기대치는 무엇이었을까요? 난민은 말 그대로 고국이 전쟁에 휩싸여 피난을 떠난 처지를 말합니다. 그들에게는 자신이 태어난 나라의 국기를 달고 올림픽을 참가하는 일이 머나먼 꿈에 불과했을 테지요. 그러나 올림픽 조직위원회가 난민팀이라는 발상을 떠올려 이들을 올림픽에 초대했고, 그들의 꿈은 실제로 이루어지게 되었습니다. 그들의 기대치는 올림픽 무대에 발을 딛는 일 그 자체였고, 결과치를 이루면서 가슴 벅찬 행복을 느끼게 된 것입니다.

이 행복의 공식은 우리 일상에서도 적용할 수 있습니다. 기대치를 낮춘다면 행복해지기 어렵지 않습니다. 사소한 데서 행복을 느낀다는 흔한 말 속에 행복의 비결이 있는 셈이지요. 고개를 들어 파란 하늘을 바라보며 행복을 느끼고, 들꽃 한 송이에도 아름다움을 느끼며 감탄하고, 타인이 베푼 작은 친절에도 감동하는 것. 그것은 자신이 작은 순간에도 만족할 수 있도록 기대치를 낮추거나 조정해서 행복의 감수성을 끌어올린 것입니다.

나는 살아오면서 기대치는 낮추고 높은 결과에 만족하고자 노력했습니다. 불필요하게 남에게 기대치를 높이면 결과가 미흡했을 때 실망하는 경우가 많았기 때문입니다. 예를 들어 자신은 75퍼센트 정도 확률이 있다고 생각하는데 상대에게 100퍼센트라는 기대치를 준다면 어떻게 될까요. 결과적으로 상대는 25퍼센트에 대해 실망하게 될 것입니다. 그래서 나는 사전에 50퍼센트 정도로 이야기하고, 결과가 좋으면 2배로 만족하는 것이 좋다고 생각합니다. 결론적으로 높은 기대와 낮은 결과는 실망만 남기기 때문입니다.

행복과 불행 사이의 거리, 한 뼘

스티븐 코비는 행복과 불행 사이의 거리가 한 뼘밖에 안 된다고 말했습니다. 성공이라는 결과에 지나치게 집착한다면, 행복보다는 불행에 가까워지기 쉽습니다. 사람들이 흔히 생각하는 세속적인 성공이 인생의 성공을 의미하지는 않습니다. 그저 한 부분의 성공일 뿐입니다. 그보다는 보람 있고 행복하게 사는 인생이 더 중요합니다. 세속적으로 성공해도 행복하지 않은 인생을 많이 보았고, 또 반대로 성공하지 않아도 행복하고 아름다운 인생도 보았습니다. 행복한 순간을 한 장면으로 표현하면 그저 사랑하는 사람과 맛있는 음식을 먹을 때입니다. 행복은 언제나 눈앞에 있는데 머나먼 풍경을 바라보며 부러워하느라 자신의 행복을 발견하지 못한 것은 아닌지 생각해 봐야 합니다.

아리스토텔레스는 말했습니다. "자신을 행복한 사람이라고 생각하는 사람이 가장 행복한 사람이다." 자신에게 맞는 행복의 기준을 자신 스스로 만들어 나가야 합니다. 자신이 세운 기준에 만족하며 살아간다면, 얼마든지 행복해질 수 있을 테니까요.

사람은 행복하기로 마음먹은 만큼 행복하다.

링컨

원하는 것에 집중하라

말을 몇 마리 가지고 있는 남자가 있었다. 그런데 하필 그 남자가 말을 풀어놓은 곳에 스쿨버스가 정차해 학생들이 과자 부스러기 같은 것을 말들에게 먹이곤 했다. 시간이 지나자 말들이 눈에 띄게 살이 찌기 시작했다. 보다 못한 주인은 '말들에게 먹을 것을 주지 마시오' 라고 쓴 표지판을 세웠다. 그러나 전혀 효과가 없었다. 표지판을 보고서도 아이들은 계속 먹을 것을 주었기 때문이다. 다음에는 이렇게 적었다. '제발 말들에게 먹을 것을 주지 마시오!' 여전히 문제는 해결되지 않았다.

그러던 그가 우연히 심리학자를 만나게 되었다. 그리고 자신의 고민을 털어놓았다.

"어떻게 하면 말에게 먹을 것을 주지 못하게 할 수 있을까요?"

그는 웃으면서 종이 위에 몇 마디를 적어 주인에게 건넸다. 주인은 종이를 보더니 웃음을 터뜨리며 말했다.

"말도 안 돼요! 정말 이걸로 문제가 해결될 수 있을까요?"

어느 정도 시간이 흘러 말들은 다시 평상시 체중으로 돌아왔다. 털에 윤기가 흘렀고 기력도 되찾았다. 목장 앞에는 이렇게 쓰인 표지판

함께
빛나는

이 세워져 있었다. '우리는 사과와 당근만 먹어요.'

벌어지지 않기를 바라는 일이 아니라, 이루어지길 바라는 일에 초점을 맞췄더니 효과가 발휘된 것이다.

'여의길상'이라는 말이 있습니다. 이는 항상 길하고 상서로운 좋은 일들은 자기 의지에 달려 있다는 뜻입니다. 좋은 일을 생각하면 정말로 좋은 일이 생긴다는 것이지요.

나는 어릴 때부터 긍정하는 것에 재능을 보였습니다. 걷는 중에도 늘 콧노래와 휘파람을 불고 다녔습니다. 어른이 되어서도 농담을 많이 하니 아내가 실없어 보인다고 핀잔을 주기도 했지요. 결혼 10주년 때 아내에게 지난 결혼생활에 대한 피드백을 해달라고 말했더니 농담을 너무 진담처럼 하지 말라고 부탁할 정도였습니다.

이런 일도 있었습니다. 임원 시절 어느 점심시간이었습니다. 그날따라 유독 심각한 분위기가 흘러서 사람들의 경직된 표정을 풀어보려고 농담을 꺼냈다가 상사에게 질책을 받은 적도 있었습니다. 그리고 CEO 시절에는 회사가 어려울 때도 늘 웃는 얼굴이 언론에 나가서 친구들이 좀 심각한 얼굴을 해야 하지 않겠냐고 권하기도 했습니다. 그러나 나는 고민이 없어서가 아니라 찡그린다고 해결되는 일이 없어서 웃는다고 대답했습니다. 어릴 적부터 긍정하는 데 익숙해진 터라 분위기가 조금 안 좋다고 해서 억지로 우울한 기색을 보이는 것이 나로서는 어려운 일이기도 했고요. 무엇보다 부정적인 생각을 하며 만드는 얼굴은, 나 자신뿐 아니라 주변에도 좋지 않은 기운을 전하기 때문입니다.

사람들은 무의식적으로 자신이 원치 않는 것을 끊임없이 말합니다.

"가난하게 살고 싶지 않아."

"살이 안 쪘으면 좋겠어."

"이제 더 이상 힘든 일은 하기 싫어."

무의식적으로 떠올리는 마음은 우리가 집중하거나 생각하는 것을 삶 속에 끌어들이게 됩니다. 그래서 의식적으로 생각을 바꾸는 것은 매우 중요합니다. 특히 부정적인 마음들을 바꿔야 하는 것이지요. 보통 사람들은 삶이 힘겹기 때문에 부정적으로 생각한다고 믿지만, 이는 순서가 바뀌어 있는 것입니다. 부정적으로 생각하기 때문에 삶이 혼란스러워지는 것입니다.

상황이 어려워도 긍정적인 마음을 갖게 되면, 그 자체로 인생을 즐겁게 만들어 줍니다. 기쁨과 괴로움, 성공과 실패는 한순간의 생각 차이로 결정되는데, 부정적인 마음으로는 발전적이고 바른 방향을 찾기가 어렵지요.

≪동물농장≫으로 유명한 작가 조지 오웰은 천재적인 머리를 가졌지만, 부정적인 인생관 때문에 생긴 우울증과 폐결핵으로 젊은 나이에 인생을 마감했습니다. 반면에 엘리너 루스벨트는 비록 고아였지만 항상 긍정적인 모습을 보여 미국의 역대 대통령 부인들 가운데 가장 호감 가는 여성으로 손꼽히게 되었지요.

벌은 물을 마시고 꿀을 만들고, 뱀은 물을 마시고 독을 만든다는 말이 있습니다. 어떤 인생관을 가지느냐에 따라 인생이 달라진다는 의미입니다. 모든 일은 마음먹기에 달렸습니다. 마음은 빈 상자와 같아서 보석을 담으면 보물 상자가 되고, 쓰레기를 담으면 쓰레기 상자가 되기 때문입니다.

첫인상을 결정하는 6초

얼굴이라는 말에 대해 생각해 보세요. 얼이 들어오고 나가는 굴을 얼굴이라고 합니다. 여기서 얼이란 우리말의 의미로 영혼을 말하고 굴은 통로를 뜻합니다. 그래서 흔히 말하는 '얼빠진 사람'은 얼이 빠진 사람을 가리키는 말이지요. '어리석은 사람'도 마찬가지로 얼이 썩은 사람이라는 말입니다.

죽은 사람의 얼굴과 산 사람의 얼굴이 다르듯이 기분이 좋은 사람 얼굴과 기분이 나쁜 사람의 얼굴이 다릅니다. 말 그대로 사람의 얼굴에는 영혼이 나갔다 들어왔다 하므로 변화무쌍한 얼굴을 갖게 되는 것입니다. 긍정적인 마음으로 내면을 평화롭게 다스린 사람들의 감정은 얼굴을 통해 그러한 감정이 나타납니다. 그것은 숨기려고 해도 숨겨지는 것이 아니기 때문이지요. 반대로 부정적이고 비관적인 사람들도 마찬가지입니다. 마음을 길들인 대로 얼이 굴에 들어오니까요.

처음 사람을 만났을 때 첫인상이 결정되는 시간은 불과 6초밖에 되지 않는다고 합니다. 이때 첫인상을 결정하는 요소로는 외모와 표정, 그리고 행동이 80퍼센트이고, 목소리의 높낮이와 말하는 방법이 13퍼센트, 인격이 7퍼센트를 차지한다고 합니다. 얼굴에 나타나는 표정이 다른 사람들과의 만남이 이루어지는 중요한 순간에 커다란 영향을 끼친다는 이야기입니다. 표정과 감정이 불가분의 관계라는 것이지요.

나이가 들면 들수록 그 사람의 얼굴에는 살아온 삶의 흔적이 나타납니다. 그래서 항상 마음을 평화롭고 따뜻하게 유지하고 자신의 얼굴을 가꾸어야 합니다. 외면의 얼굴보다 내면에서 넘치는 감정을 가꾸어야 하고, 언제 마주쳐도 반갑고 기분 좋은 얼굴을 만드는 것이 중요하지요. 감사함이 묻어나고 사랑이 넘치는 얼굴이라면 누구라도 더 오랜 날들을 만나고 싶어질 테니까요. 능력이 아무리 뛰어난 사람이라도 부정적인 말을 습관처럼 내뱉고 우울한 표정을 지니고 있는 사람은 조직에서도 도움이 되지 않습니다.

"성공하는 사람의 핵심 능력은 행동 능력이 아니라 행동을 배로 즐기는 능력, 즉 자신의 미래를 생생하게 꿈꾸는 능력이다."

일본의 심리학자인 이케다 다카마사는 자신의 저서 《미래기억Future Memory》에서 성공하는 사람에 대해 이렇게 말했습니다. 성공의 능력은 긍정적인 마음으로 현재의 행동을 즐기고, 밝은 미래에 대해 꿈꾸는 것이라고 말입니다.

지금 이 순간부터 마음속에 꿈꿔오던 미래를 생생하게 그리며 그것이 이루어진다는 믿음으로 활짝 웃어보세요. 분명 어렵다고 생각했던 상황에도 불구하고 달라지는 순간들이 찾아올 것입니다. 에머슨이 말했듯, 성공은 자주, 그리고 많이 웃는 것이니까요.

인생청강 금지

인간의 가능성은 한계가 없습니다. 특히 젊음이란 자체가 무한한 가능성이라는 의미를 가지고 있습니다. 인생에서 중요한 것은 꼭 무엇을 이루고 성취하는 것이 아니라, 자기가 좋아하는 일을 하면서 인생을 여행하는 보람을 느끼는 것입니다. 내가 바꿀 수 있는 것도 다 바꾸지 못하고 살아가면서, 내가 바꿀 수 없는 것들만 원망하며 살아가는 바보가 되지 않기를 바랍니다.

"행복은 자신이 무엇을 가지고 있는지, 무엇을 할 수 있는지를 명확하게 깨닫고 이를 최대한 활용하고 발휘하는 것이다. 그리하여 자신에게 맞는 삶을 선택하고 자신이 원하는 대로 사는 것이야말로 진정한 행복이다."

러시아 작가 이반 투르게네프는 행복에 대해 이렇게 말했습니다. 인생에 화려한 장미가 묶여 있지 않더라도, 인생은 여전히 선물입니다. 그러니 매일 밖으로 나가 선물을 누리길 바랍니다. 당장 눈에 보이지 않아도 기적이 모든 곳에서 당신을 기다리고 있으니까요. 인생을 청강하지 말고, 대담하게 앞으로 나와 최대한 인생을 즐겨야 합니다.

함께
빛나는

행복의 기준은 내가 만드는 것

"희망이 없는 곳이 바로 지옥이다. 지옥은 이 세상 현실 속에 있다."

단테의 신곡에 나온 말이기도 하고, 안타깝게도 우리나라에서 요즘 유행하는 말이기도 합니다. 바로 헬조선이지요. 사실 우리나라가 역사적으로 이렇게 풍요로운 시절도 없었습니다. 그러나 젊은 사람들이 헬조선이라고 말하는 이유는 바로 희망이 없기 때문입니다. 그리고 희망이 없다고 생각하게 된 것은, 여러 이유가 있겠지만 기회의 불평등을 극복하기 어렵다는 절망감이 크기 때문일 것입니다.

낙관적으로 믿어 보자면, 헬조선을 해결하기 위한 사회 전체 차원의 노력은 계속 진행될 것입니다. 그리고 그동안 젊은 세대가 좌절하고 실망한 채 멈추어 있어서는 안 되겠지요. 우리는 우리 자신을 지금보다 더 나은 모습으로 발전시키고, 주변에 도움을 주고 사회를 조금이라도 개선하고 발전하는 데서 인생을 살아가는 의미를 찾아야 할 것입니다.

'티쿤 올람Tikkun olam'이라는 전통 유대 사상이 있습니다. 세상을 개선하라는 뜻이지요. 이는 신이 세상을 창조했지만 미완성인 상태로 놔두었고, 그런 불완전한 세상을 완벽하게 만드는 임무는 인간에게 있다고 믿는 것입니다. 실제로 고난의 역사를 지나온 유대인들을 생각해 보면, 불완전한 세상을 개선하려는 의지로 어려움을 극복하고 발전해 온 것 같습니다.

정호승 시인의 말을 빌리자면, 남들과 비교하며 자신을 초라하게 생각하는 것은 자신의 삶을 '고단한 전시적 인생'으로 바꿔버리는 것입니다. 그리고 보이는 것과 달리 다른 사람들의 삶이 실제로는 어떠한지 결코 알 수 없습니다. 만약 비교를 한다면 남들과 자신을 두고 할 것이 아니라, 자신이 꿈꾸고 있는 미래의 모습에 얼마나 가까워졌는지를 확인하는 비교를 해야 합니다. 남보다 내가 더 행복해야 한다는 생각으로부터 벗어나 나 스스로 기준을 만들고 거기에 만족하며 살아갈 수 있다면 얼마든지 행복해질 수 있을 것입니다.

모든 것이 기적이거나, 기적은 없거나

어느 청년이 스승을 찾아가 물었다.

"저는 성공하고 싶습니다. 어떻게 하면 성공할까요?"

그러자 스승이 미소를 지으며 대답했다.

"세상에는 세 가지 실패가 있단다."

청년은 의아한 표정을 지으며 고개를 갸웃거렸다. 성공에 대해 물었
는데 실패를 이야기하기 때문이었다.

"저는 실패가 아니라 성공에 대해 알고 싶습니다."

스승이 청년을 바라보며 입을 열었다.

"성공하기 위해서는 실패를 알아야 해. 성공은 실패의 변형이거든."

"그럼 세 가지 실패는 무엇입니까?"

"첫 번째 실패는 하기 싫은 일에서 성공하는 것이야. 세속적 대가는
얻으나 의미와 즐거움을 얻기는 어렵지. 두 번째 실패는 하고 싶은
일에서 실패하는 거야. 계속하면 진정한 성공을 얻을 수 있지. 이때
실패는 성공으로 가는 실험일 뿐이야. 세 번째 실패는 아무것도 하
지 않는 것이지. 당연히 실패도 성공도 없단다. 그러나 인생을 낭비
한 책임을 져야 해. 가장 치명적인 실패지. 그렇다면 너는 성공이 무

엇이라고 생각하느냐?"

대답을 마친 스승이 청년에게 물었다. 잠시 고민하던 청년이 말했다.

"매일 아침에 일어나 하고 싶은 일을 하는 겁니다."

스승이 흡족한 얼굴로 고개를 끄덕였다.

"그렇다. 그 일을 찾아라. 그리고 신나게 해라. 하고 싶은 일을 찾아 매진하는 사람은 인생에서 성공보다 의미있는 풍요로움을 얻을 수 있지. 우리는 현실이 그렇게 만든다는 핑계를 대고, 머리로 계산한 안전함 속에서 우물쭈물 살아가는 경우가 많다. 그러나 자기 삶의 방향을 잊지 말아야 한다. 나무의 방향은 바람에 의해 결정되지만 사람의 방향은 자신에 의해 만들어지거든. 우리 인생에는 많은 길이 있지만 절대 돌아갈 수 없는 길은 어제 지나온 길이다. 마음이 담기지 않은 일은 자신을 지치게 만들지만, 의미를 가지고 하는 일은 자신에게 힘을 준다."

그제야 청년은 진정한 성공이 무엇인지 깨달았다.

나는 살아가는 방법이 두 가지라고 생각합니다. 기적이 없다고 생각하고 살거나, 모든 것이 기적이라고 생각하고 사는 것입니다. 인생에는 노력해도 계획과 달리 마음대로 되지 않는 일들이 있습니다. 내가 통제할 수 없는 변수가 발생하여 잘 안 풀릴 때가 있지요. 그런 때를 만나면 우리는 마음가짐을 긍정의 채널로 바꿔야 합니다.

불가능해 보이는 것을 가능하게 만드는 것이 비로소 삶의 묘미이자 의미입니다. 모든 일의 가능성은 마음가짐만으로도 몇 배로 높일 수 있지요. 할 수 있다는 사람이 하면 안 될 일도 되고, 할 수 없다는 사람이 하면 될 일도 안 되는 경우가 많습니다. 또한 감사하는 사람이 하면 풀리지 않을 일도 풀리고, 불평하는 사람이 하면 풀릴 일도 안 풀리는 것입니다. 어리석은 사람은 남을 바꾸려다 자신의 일생을 다 보내고, 지혜로운 사람은 나 한 사람 바꿔서 세상이 바뀌는 것을 보게 됩니다.

테레사 아마빌레는 ≪창조의 조건≫에서 다음과 같은 말을 했습니다. 직장인의 성공에 가장 중요한 요소는 '의미 있는 일로 발전할 기회를 얻는 것'이라고 말입니다. 쉽게 말해 프로젝트를 끝냈거나 문제의 해결방법을 찾았을 때 발전하며 성공에 다가간다는 것입니다.

사람은 자신이 중요하다고 느끼는 일에서 가장 긍정적이고 창의적이 됩니다. 반면 무관심한 환경에서 좌절감을 느끼면 부정적 상태가 되지요. 아마빌레는 동기를 잃지 않고 업무의 능률을 유지하려면, 매일 즐겁고 의미 있는 발전의 기회를 가져야 한

함께
빛나는

다고 말합니다. 또한 이때 중요한 것은 발전의 크기가 아니라 빈도라는 이야기를 합니다. 조금씩 그리고 자주 발전을 느낄 때 개인의 관점이 크게 달라진다는 것입니다.

아마빌레의 연구는 삶에서 즐거움을 꾸준히 누리는 것이 얼마나 중요한지 보여줍니다. 매일 즐거운 일을 할 기회를 찾고, 의미 있는 일을 통해 성장해야 한다는 것입니다. 즐거운 경험과 성장의 순간은 거창하거나 대단할 필요도 없습니다. 다만 그것이 매일매일 이뤄지도록 노력하는 것입니다.

인생의 티핑 포인트를 찾자

삶에서 긍정적인 경험을 충분히 겪은 후 일종의 정신적인 티핑 포인트에 도달하면 세상을 보는 시각 자체가 달라집니다. 좀 더 여유롭고 자신감이 넘치게 되지요. 또한 어떤 상황에 놓이든 빨리 대처할 수 있고, 마음에 희망과 감사함이 가득해집니다. 앞에 놓인 기회에 민감하게 반응하고 직접 행동에 뛰어들 수 있지요.

반대로 즐거움을 지속적으로 느끼지 못하면 부정적인 감정에 휩싸입니다. 절망감에 빠져 어떤 일도 하고 싶지 않고, 도대체가 좋아질 것 같지 않다고 느끼게 되지요. 그러니 기회가 다가와도 기회를 보지 못하게 됩니다. 설사 기회를 본다고 해도, 너무 피곤하고 무관심해진 나머지 행동으로 옮길 엄두를 내지 못하게 되고요.

신은 우리에게 선물을 줄 때마다 그 선물을 문제라는 포장지로 싸서 보낸다고 합니다. 선물이 클수록 문제도 더욱 커지겠지요. 아프리카에 이런 말이 있습니다.

"잔잔한 바다는 노련한 사공을 만들지 않는다."

잔잔한 바다에서 아무것도 하지 않은 채 가만히 머무른다면, 삶은 아무것도 달라지지 않을 것입니다. 기회를 찾아 먼 바다로 나가 성난 파도와 거친 비바람을 만나길 바랍니다. 그 여정을 마치고 다시 항구로 돌아온다면, 당신은 떠나기 전과는 아주 다른 노련한 사공이 되어 있을 것입니다.

인생은 컬러링 북

내 인생 여행의 종착역이 어디인지 모르겠지만, 나는 벌써 오랜 시간을 여행했다고 생각합니다. 그리고 그동안 수없는 선택의 기회들을 지나왔습니다. 중·고등학교를 지나 대학교를 들어

함께
빛나는

가고, 입시와 재수를 거쳐 전공을 선택했습니다. 그리고 직장을 정하고 배우자를 만났으며 친구들과 시간을 보냈지요. 직장 내에서도 여러 번의 커다란 기쁨과 견디기 힘든 어려움도 겪었습니다.

돌이켜 보면 모든 일이 만족스러운 것은 아닙니다. 후회와 아쉬움이 남는 선택들도 있었지요. 그러나 누구도 다시 출발역으로 돌아갈 수는 없습니다. 지금 발을 딛고 있는 이 순간에 충실하며 최선을 다하는 게 중요한 것이지요.

인생은 컬러링 북 같다고 느껴질 때가 있습니다. 매일을 어떤 색깔로 칠해 가느냐에 따라 우리 인생 여행이 달라지기 때문입니다. 그래서 나는 출발한 지 얼마 되지 않는 청춘들이 자신들의 여정을 아름다운 색으로 칠해 가길 바라는 마음입니다.

여행은 그 자체가 행복하지만 준비하는 과정부터 여정을 마치고 돌아오는 순간까지 아니, 다음 여행을 다시 준비할 때까지 삶의 가치를 높여가는 시간입니다. 인생 여행도 실제 여행과 마찬가지인 것이지요.

아름답게 색칠하기

그렇다면 인생을 아름다운 여행으로 만들기 위해서 무엇을 해야 할까요. 우선 떠나기 전에 반드시 일정표를 점검해야 하고, 가방에 무엇을 챙겨야 목적지에 잘 도착할 수 있을지 확인해야 합니다. 그야말로 나름대로 철저한 준비를 해야 하지요. 그리고 잠시 멈춰서서 쉬어갈 때는 주머니에 있는 걱정과 불평을 버리는 것을 잊지 말아야 합니다. 불필요한 짐을 줄여나가는 것은 인생에 더 충실할 수 있고 최대한 즐기며 살아갈 수 있는 방법이기 때문입니다.

집을 깔끔하게 정리하고 청소하듯 내 마음에서 버릴 것은 버리고 간직할 것은 간직해야 합니다. 자신이 소중하게 여기는 아름다운 기억이나 칭찬의 말들은 간직해야 하지만, 필요 없는 비난이나 고통은 잡동사니 치우듯 과감히 치우고 버리는 것도 필요하지요.

또 하나 인생 여행에서 필요한 것은 소박함입니다. 소박함은 소유에 대한 욕심을 줄여 내면의 안락을 유지하는 일입니다. 그리고 이를 위해서는 세 가지가 필요하지요.

첫째로, 꼭 필요하지 않은 것은 과감히 치워 버리는 결단이 필요합니다. 특히 돈에 대한 환상을 버리는 것이 중요합니다. 둘

함께
빛나는

째는, 느린 것이 아름답다는 사실을 몸으로 체험할 필요가 있습니다. 예를 들어 주말에는 일하지 않고 한 번에 한 가지 일만 하는 것이지요. 또 텔레비전을 보며 시간을 보내는 것보다 동네를 산책하며 느리게 걸어 보세요. 마지막으로 소박함은 무엇보다 타인에게 관심을 가지는 것과 밀접한 관련이 있다는 사실을 이해해야 합니다. 행복의 중심은 다른 사람들과 맺는 관계에 있기 때문입니다.

시인 엘렌 코트는 인생에 대해 이런 글을 남겼습니다.

"시작하라. 다시 또 다시 시작하라. 모든 것을 한 입씩 물어뜯어 보라. 가끔 도보 여행을 떠나라. 자신에게 휘파람 부는 법을 가르쳐라. 나이를 먹을수록 사람들은 당신의 이야기를 듣고 싶어 할 것이다. 그 이야기를 만들라. 돌들에게 말을 걸고 달빛 아래 바다에서 헤엄도 쳐라. 죽는 법을 배워 두라. 빗속을 나체로 달려 보라. 일어나야 할 모든 일은 일어날 것이고, 그 일들로부터 우리를 보호해 줄 것은 아무것도 없다. 흐르는 물 위에 가만히 누워 있어 보라. 그리고 아침에 빵 대신 시를 먹으라. 완벽주의자가 되려고 하지 말라."

인생에 대한 글이지만 읽다보면 마치 여행을 두고 쓴 것처럼 느껴집니다. 엘렌 코트처럼 반복되는 일상을 여행처럼 느끼고 순간을 최대한 즐기길 바랍니다. 그리고 아름다운 색으로 여정을 색칠해 나간다면 시간이 지나면서 자신만의 특별한 그림이 만들어질 것입니다.

함께
빛나는

연잎이 아름다운 이유는
자신이 감당할 만큼의 빗방울만을 싣고 있기 때문이다.
감당할 수 없는 빗방울이 고이면 미련 없이 쏟아 내어
그 고운 자태를 유지한다.
그렇지 않고 욕심대로 받아들이면
마침내 잎이 찢기거나 줄기가 꺾이고 말 것이다.
세상사는 이치도 이와 마찬가지다.

법정스님

지은이
남중수

KTF와 KT의 CEO 역임, 현재 대림대학교 총장

민영화 초기 KTF와 KT의 CEO로서 고객만족경영을 뿌리
내리고, 치열한 통신시장에서 높은 경영성과를 거두었다.
민영화한 KT 최초의 연임 CEO로 판을 읽는 눈이 뛰어난
타고난 전략가이자 배려가 몸에 밴 소탈하고 감성적인 사
람이다. 직원들 앞에서 칵테일 쇼를 펼치거나 직접 기타를
치며 〈사랑해도 될까요〉 같은 가요를 부르는 모습은 격식
을 벗어 던진 CEO의 전형이다. 취미는 어슬렁거리기. 노
자의 《도덕경》을 사랑하며 일 중독자이면서 때로는 색소
폰을 부는 여유도 즐길 줄 아는 사람이다. 조금 아는 이에
겐 그저 신사, 제법 아는 이에겐 독한 승부사, 깊이 아는
몇몇에겐 세월 흘러도 변치 않는 질그릇 같은 사람이라 평
가 받는다.
– 이코노미스트(2008.3) 기사 중에서

현재 대림대학교 총장으로 재직하며 자신의 기업생활과 인
생 경험을 바탕으로 젊은 학생들에게 비전을 가지고 미래
를 디자인하며 사회에 기여할 수 있게 하는 데 관심을 쏟고
있다.

함께 빛나는

초판 1쇄 발행 2017년 2월 10일
초판 3쇄 발행 2017년 3월 6일

지은이 남중수
펴낸이 이혜경
편집 김다영 김가람
제작·관리 김애진
글정리 원보람
디자인 이경란
일러스트 최광렬

펴낸곳 니케북스
출판등록 2014년 4월 7일 제300-2014-102호
주소 서울시 종로구 새문안로 92 광화문 오피시아 1717호
대표전화 (02) 735-9515
팩스 (02) 735-9518
전자우편 nikebooks@naver.com
블로그 nikebooks.co.kr
트위터 twitter.com/nikebooks

ISBN 978-89-94361-55-0 03810
Copyright ⓒ 남중수

이 책 내용의 전부 또는 일부를 사용하려면 반드시 저작권자와
니케북스의 서면 동의를 받아야 합니다.

책값은 뒤표지에 있습니다.
잘못된 책은 구입한 서점에서 바꿔 드립니다.

이 책에 사용된 인용문 중 일부는 출처를 찾지 못했습니다.
출처가 확인되는 대로 명시하겠습니다.